CYHOEDDIADAU'R GAIR

Storïau a Chwedlau Mawr y Byd

ⓗ Cyhoeddiadau'r Gair 2004

Testun gwreiddiol: Lois Rock
Lluniau: Christina Balit
Cyhoeddwyd yn wreiddiol gan Lion Publishing plc,
Mayfield House, 256 Banbury Road, Rhydychen
o dan y teitl *Tales and Legends.*

Addasiad Cymraeg: Huw John Hughes
Dymuna'r cyhoeddwyr gydnabod eu diolch i Adran Olygyddol Cyngor Llyfrau Cymru
Golygydd Cyffredinol: Aled Davies

ISBN 1 85994 009 9
Argraffwyd yn India

Cyhoeddwyd gan:
Cyhoeddiadau'r Gair, Cyngor Ysgolion Sul Cymru,
Ysgol Addysg, PCB, Safle'r Normal,
Bangor, Gwynedd LL57 2PX

Storïau a Chwedlau Mawr y Byd

Lois Rock
Addasiad Cymraeg: Huw John Hughes
Darluniau: Christina Balit

CYNNWYS

Y ferch a wnaeth ei gorau

Chwedl Sant Germaine
Mae Germaine yn cael ei cham-drin gan ei llysfam a'r teulu.
ond mae hi'n dal i wneud ei gorau iddyn nhw i gyd.

Eisteddai Germaine ar ochr y bryn yn gwylio'i defaid. Yn swatio wrth ei hochr roedd oen llywaeth.

    'Mae'n anodd iawn bod yn amddifad, on'd yw e?' meddai wrth yr oen.
'Bu farw fy mam pan oeddwn yn fabi bach. Mae fy llysfam yn fy nghasáu â chas perffaith.'

    Ochneidiodd. 'Dwi'n gobeithio fy mod i'n llysfam dda i ti, oen bach.'

    Brefodd yr oen bach yn hapus a gwenodd Germaine arno.

Torrodd sŵn cloch ar ddistawrwydd y wlad. 'O! mae'n bryd i mi fynd i'r eglwys,' meddai Germaine wrth yr oen bach. 'Paid ti â phoeni. Fydda i ddim yn hir. Bydd fy angel yn gwarchod drosot ti a'r defaid i gyd nes dof yn ôl.'

Neidiodd ar ei thraed. Rhoddodd ei ffon fugail yn y ddaear a rhedeg i lawr y bryn. Bu'r defaid yn pori'n ddiogel tra oedd Germaine yn yr eglwys. Pan oedd yr haul ar fin machlud, arweiniodd Germaine y praidd i lawr o'r bryniau i'r gorlan oedd yn agos at ei chartref.

'Brysia, eneth ddiog!' meddai ei llysfam wrthi'n ddig. 'Tyrd yn dy flaen a gwna swper i ni.'

Roedd llysfam Germaine yn ei chasáu. Rhoddodd fonclust iddi wrth basio.

Roedd Germaine wedi hen arfer cael ei thrin fel hyn. Aeth yn ei blaen i ailgynnau'r tân a dechrau ar y gwaith o lanhau a thorri'r llysiau i wneud cawl. Aeth ati i dylino'r toes roedd hi wedi'i baratoi yn y bore i wneud bara.

'Am faint o amser fydd raid i ni ddisgwyl am ein swper?' gofynnodd ei llysfam yn gas.

'Mi fydd swper yn barod erbyn i Nhad gyrraedd adref,' oedd ateb Germaine.

Edrychodd ei llysfam yn flin arni ac aeth ymlaen i roi sylw i'r babi bach. Bu Germaine yn paratoi'r pryd bwyd a glanhau'r gegin tra oedd y bwyd yn coginio. Gosododd y bwrdd ar gyfer ei thad, ei llysfam a phlant ei llysfam. Pan welodd ei thad yn dod am adref, brysiodd i gael popeth yn barod cyn iddo ddod i mewn drwy'r drws.

'Dydw i ddim yn hoffi hwn,' cwynodd un o'r plant, fel roedden nhw'n dechrau bwyta.

'Germaine, mae'r cawl yma'n ofnadwy,' meddai ei llysfam wrthi'n flin.

'Mae o'n blasu'n iawn i mi,' meddai ei thad, gan ychwanegu rhagor o halen at y cawl.

'Paid â chymryd ei hochor hi,' gwylltiodd ei wraig. 'Does ddim blas arno.'

'Mi fuaswn i'n gallu ei wneud yn fwy blasus petawn i'n cael ei brofi cyn i mi ei roi i chi,' esboniodd Germaine.

'PAID Â BOD MOR HAERLLUG!' gwaeddodd ei llysfam. 'Mi faset ti'n bwyta'r darnau gorau i gyd. Mi gei di baratoi bwyd ar ein cyfer ni, ac mi gei dithau yr hyn sy'n weddill. Nawr, dos i wneud y pethau eraill sydd angen eu gwneud.

Aeth Germaine i fwydo cŵn ei thad. Roedden nhw bron â llwgu gan eu bod wedi treulio'r diwrnod yn gweithio gyda'i thad. Aeth ati wedyn i roi'r ieir yn y cwt a'u cloi dros nos.

'Paid ti â meddwl y cei di adael y llestri yma ar y bwrdd!' gwaeddodd ei llysfam o'r drws. Ond roedd Germaine eisoes ar ei ffordd yn ôl i'r tŷ i olchi'r llestri.

Pan oedd pawb arall ar eu ffordd i'r gwely, aeth Germaine i chwilio am ei blanced yn y cwpwrdd a mynd i orwedd yn y twll dan grisiau.

'Chei di ddim cysgu yn fanna,' gwaeddodd ei llysfam o'r llofft. 'Bydd y cŵn eisiau cysgu yn y twll dan grisiau. Mi gei di gysgu yn y stabl. Mae hi'n ddigon cynnes i ti yno.'

Ac i ffwrdd â hi i'r stabl. Doedd hi ddim yn gallu gwneud dim yn iawn yng ngolwg ei llysfam. Ond roedd y stabl yn gynnes a chlyd. Roedd hi'n cael digon o lonydd yno.

Ar ei ffordd i'r stabl edrychodd i fyny ar y sêr. 'Mae Duw a'i angylion yn fy ngwarchod,' meddai wrthi'i hun. Swatiodd yn ddistaw bach yn y gwellt.

Roedd pob diwrnod yr un fath. Codai Germaine yn gynnar yn y bore. Roedd cymaint o waith i'w wneud – cynnau'r tân, paratoi'r uwd a phobi'r bara. Yna byddai'n rhaid godro'r gwartheg a bwydo'r ieir. Os byddai hi'n lwcus, efallai y byddai'r plant wedi gadael darnau o fara a chaws iddi ar y bwrdd ar ôl brecwast. Yna i ffwrdd â hi i warchod y defaid. Ond ar ei ffordd i'r bryniau, byddai wedi galw yn yr eglwys i ddweud ei phader.

Wrth borth yr eglwys, byddai cardotwyr yn aml yn dod i chwilio am roddion. Roedd Germaine yn fwy na hapus i rannu ei bwyd gydag unrhyw un oedd yn newynog. 'Mae'n ddrwg gen i nad ydi o'n fwy blasus,' ymddiheurai wrth y cardotwyr.

Ymhen blynyddoedd roedd Germaine wedi tyfu'n wraig ifanc. Roedd ei llysfam yn heneiddio ac yn mynd yn fwy cenfigennus ohoni.

Un bore oer o aeaf, pan oedd pobman yn llwydaidd a diflas dan orchudd o farrug trwm, roedd ei llysfam yn gwylio Germaine yn mynd yn fân ac yn fuan ar draws y buarth. Gwelai ei bod wedi codi ei ffedog a bod ganddi rywbeth ynddi.

'Y lleidr!' meddai. 'Beth wyt ti wedi'i ddwyn? Wyt ti'n mynd â mwy o fara i'r cardotwyr budr yna?' Cerddodd tuag ati a gafael ym mraich Germaine.

Gollyngodd hithau ei gafael yn ei ffedog. Syrthiodd tusw mawr o flodau'r gwanwyn allan ohoni.

Edrychodd ei llysfam arni mewn braw. 'Ble cest ti'r rhain?' gofynnodd. Roedd hi'n aeaf a'r tir yn llwm.

Gwenodd Germaine. 'Anrheg ydi'r blodau i mi gan Dduw a'i angylion,' atebodd.

Edrychodd ei llysfam arni eilwaith, mewn syndod. Roedd wyneb Germaine fel petai'n goleuo.

Y noson honno, a'r hen wraig yn dal i feddwl am yr hyn a welsai, gofynnodd i Germaine ddod ati am sgwrs.

'Rydw i wedi paratoi gwely i ti,' meddai wrth Germaine.

'O! fydda i mo'i angen o,' meddai Germaine. 'Os ydw i am gael cysgu yn y tŷ, bydd y twll dan grisiau yn ddigon da i mi.'

Rhoddodd ei phen i lawr i gysgu. Doedd hi ddim yn gallu credu pa mor gysurus a chynnes oedd ei gwely newydd.

Yn ystod y nos, daeth angel ati. 'Germaine,' meddai'r angel, 'rydw i wedi paratoi gwely meddal fel cwmwl i ti yn y nefoedd. Mae'n fwy cysurus na dim ar y ddaear. Tyrd. Rwyt ti wedi gweithio'n ddigon caled ar y ddaear yma.'

Bu farw Germaine.

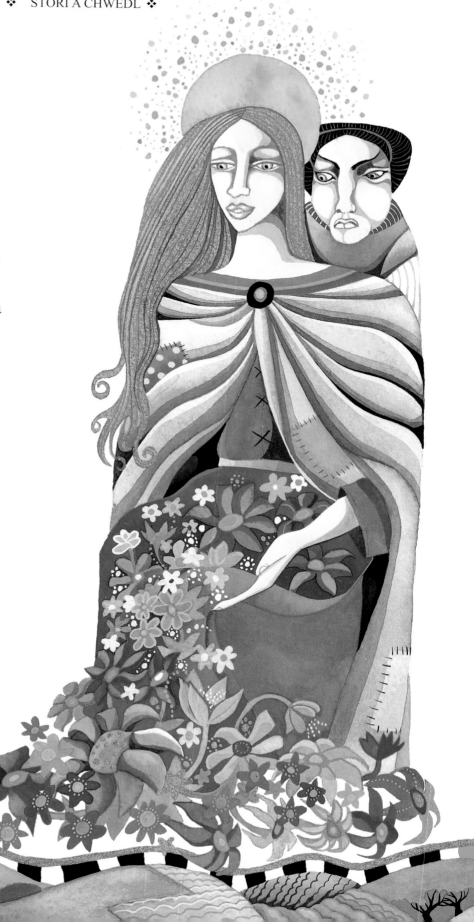

Erbyn heddiw, mae pobl o bob rhan o'r byd yn dod i ymweld â bedd Germaine ac yn gweddïo yno am fendith Duw.

Abelard a'r drydedd rodd

*Mae'r stori hon yn cyfleu mai'r drydedd rodd – yr olaf – ydi'r rhodd
fwyaf gwerthfawr. Ar yr olwg gyntaf does yna fawr o werth
i'r rhodd hon.*

Roedd Abelard yn byw gyda'i fam a'i dad mewn bwthyn bychan. Roedden
nhw'n rhoi popeth oedd ei angen arno.

Pan oedd yn fachgen bach, bu farw ei rieni a chafodd ei adael yn amddifad.
Eto i gyd, doedd e ddim yn gyfan gwbl ar ei ben ei hun. Pan gafodd ei fedyddio
roedd ei rieni wedi dewis tri o rieni bedydd iddo. Roedden nhw'n byw mewn
gwlad arall. Pan glywson nhw am y newydd trist, fe ddaethon nhw fesul un i
gynnig help i Abelard.

Daeth y cyntaf â dagrau yn ei llygaid. 'Mae'n ddrwg iawn gen i glywed dy fod wedi colli dy rieni,' meddai dan grio. 'Rydw i wedi dod i ofalu amdanat ti. Edrych, rydw i wedi dod â chwrlid meddal i ti. Cei di lapio dy hun yn hwn a theimlo'n glyd a chynnes. Bydd hwn yn dy warchod rhag y byd cas a drwg.'

Cymerodd Abelard y cwrlid yn llawen. Bu'n help mawr iddo yn ystod y dyddiau anodd ar ôl colli ei rieni. Gwnaeth ei fam fedydd ei gorau i'w amddiffyn rhag mwy o dristwch a niwed.

Pan oedd Abelard yn hŷn, daeth un arall o'i rieni bedydd i'w weld. Camodd ei dad bedydd i fyny tua'r tŷ a churo'r drws.

'Tyrd, Abelard,' meddai. 'Mae'n rhaid i ni i gyd wneud ein ffordd yn y byd rywdro. Rwyt ti'n ifanc ac yn gryf, ac rwy'n siŵr y gallaf gael gwaith i ti ar fferm neu mewn gweithdy. Yn nes ymlaen bydd raid i ti ddewis pa fath o waith yr hoffet ei wneud i ennill dy fywoliaeth.'

Agorodd ei dad bedydd y pecyn roedd yn ei gario ar ei gefn. Tynnodd bâr o esgidiau lledr cryf allan ohono. 'Edrych,' meddai. 'Bydd arnat angen y rhain i fynd i weithio.'

Roedd yr esgidiau'n ffitio Abelard i'r dim. Gwrandawodd yn astud ar gynghorion ei dad bedydd.

Dysgodd sut i warchod y defaid ar y bryniau a sut i lywio'r aradr ar y tir. Dysgodd sut i hau'r had a chynaeafu.

Dysgodd sut i dorri coed a'u llifio'n blanciau. Dysgodd hefyd sut i drin y coed i wneud pethau defnyddiol.

Dysgodd sut i osod hwyliau'r felin wynt a thrin y grawn i wneud blawd.

Ar ôl tair blynedd, dywedodd wrth ei dad bedydd, 'Rydw i wedi tyfu'n ddyn erbyn hyn, ac rydych chi wedi fy helpu i ddysgu gwneud llawer o bethau gwahanol. Rwy'n barod yn awr i wneud fy ffortiwn mewn gwlad arall.'

Cytunodd ei dad bedydd a bu'r ddau wrthi'n ddiwyd yn paratoi ar gyfer y cam nesaf yn ei fywyd.

O'r diwedd, roedd Abelard yn barod i gychwyn ar ei daith o'r porthladd. Paciodd y cwrlid a gafodd gan ei fam fedydd a chofiodd am y gofal a'r cariad a gafodd pan oedd yn blentyn bach.

Caeodd garrai ei esgidiau a theimlai'n hyderus y gallai wynebu beth bynnag roedd y dyfodol yn ei gynnig, a llwyddo.

Ond wrth iddo adael y dyffryn, teimlai ar goll braidd. I ble roedd e'n mynd? Beth oedd gan y dyfodol ar ei gyfer?

Dyna pryd y cyrhaeddodd y trydydd o'i rieni bedydd ato a chydgerdded gydag e am ran o'r daith.

Hen ŵr gwargam, a'i wallt wedi britho, oedd hwn. Ond gwelodd Abelard fod ganddo lygaid glas tanbaid, a gwên ar ei wyneb oedd yn dangos yn glir fod yr hen ŵr yn gwybod ac yn deall popeth.

'Rwyt ti ar fin cychwyn ar dy daith yn y byd hwn,' esboniodd wrth

Abelard, 'ond yn fuan iawn byddaf i'n cychwyn ar fy nhaith i'r byd nesaf. Cyn i wahanu, wnei di dderbyn y rhodd yma?'

Tynnodd ffliwt o'i boced a dechreuodd chwarae alaw hapus arni. 'Cadwa di'r ffliwt hon a dysga chwarae dy alawon dy hun arni,' esboniodd. 'Weithiau byddi'n teimlo'n drist neu'n flinedig, ond bydd y gerddoriaeth yn dy gadw'n hapus a siriol bob amser!'

Felly, gyda'r tair rhodd yma, cychwynnodd Abelard ar ei daith a hwyliodd dros y môr.

Y cawr oedd yn byw ar lan y dŵr

Mae'r chwedl hon yn dangos sut y daeth Christopher
yn nawdd sant y teithwyr.
Chwedl Sant Christopher

Amser maith yn ôl, mewn gwlad yn y dwyrain, roedd cawr yn byw. Roedd ei edrychiad yn codi ofn ar bawb a doedd neb yn fodlon byw yn agos ato. Roedd yn cael ei wawdio a'i ddirmygu gan bawb. Felly roedd yn byw ar ei ben ei hun i fyny yn y mynyddoedd uchel.

Tra oedd yn cuddio yn ei wâl, tyfodd ei galon yn galed ac oer. Un noson,

mewn breuddwyd, daeth y Gŵr Drwg ato.

'Rwy'n siŵr dy fod yn unig iawn,' meddai'r Gŵr Drwg wrtho'n dosturiol. 'Ond fe fydda i'n ffrind i ti. Dim ond i ti wneud popeth rwy'n ei ofyn, yna fe gei di bopeth rwyt ti ei angen.'

'Beth ydi ystyr hyn, felly?' gofynnodd y cawr yn sarrug.

'Edrych,' meddai'r Gŵr Drwg. 'Mae llawer o deithwyr yn cerdded dros y mynyddoedd hyn – pererinion a masnachwyr, milwyr a negeseuwyr. Rwyt ti'n gryf ac yn eofn; gelli ymosod arnyn nhw a lladrata eu heiddo . . . ac fel yna fe elli di dalu'n ôl i'r rhai sydd wedi bod yn gas tuag atat ti.'

Felly, y diwrnod canlynol, pan ddeffrodd, aeth y cawr i guddio wrth ochr y ffordd. Yn sydyn, daeth masnachwr cyfoethog heibio ar gefn ei geffyl. Cododd y cawr ar ei draed a thynnu'r dyn oddi ar ei geffyl. Daliodd ef â'i ben i waered a syrthiodd yr arian o'i bocedi. Yna, hyrddiodd y dyn i lawr ochr y mynydd a chwipio'r ceffyl gan wneud i hwnnw garlamu i lawr y ffordd.

Chwarddodd y cawr wrth fynd yn ôl i'w gartref yng nghrombil y mynydd. O hyn ymlaen byddai'n ddyn cyfoethog iawn a châi gyfle i ddial ar y bobl oedd wedi'i gasáu.

Felly, daeth y cawr yn lleidr penffordd, ac roedd y llwybr dros y mynydd yn beryglus iawn i deithwyr.

Un diwrnod, gwelodd y cawr fynach unig yn cerdded yn hamddenol ar hyd y ffordd. Doedd ganddo ddim ond sachaid o flawd.

'Rydw i bron â llwgu,' chwyrnodd y cawr. 'Gallaf wneud bara i swper heno o'r blawd sydd yn sach yr hen fynach acw.'

Neidiodd oddi ar y graig a bygwth y mynach. 'Rho i mi y sach yna rwyt yn ei chario, a phob trysor arall sydd gen ti,' ysgyrnygodd.

Safodd y dyn yn stond. Rhoddodd ei sach i lawr. 'Dim ond blawd sydd yn y sach,' meddai, 'ond rwy'n bwriadu ei rannu gyda theulu tlawd sy'n byw yr ochr arall i'r mynydd. Dim ond un trysor arall sydd gen i.'

'Dangos i mi beth ydi o,' mynnodd y cawr.

Rhoddodd y mynach ei law yn ei glogyn. 'Edrych,' meddai gan ddangos croes bren oedd yn hongian ar gorden o gwmpas ei wddf. 'Arwydd ydi'r groes hon o'm ffydd yn Iesu Grist. Rhoddwyd Iesu i farw ar groes o bren gan ddynion creulon, cas. Ond fe wnaeth Duw, sy'n fwy nag unrhyw ddrwg yn y byd, ei atgyfodi. Trysor fy mywyd ydi gwybod mai ffordd cariad a thynerwch ydi ffordd bywyd.'

Yn sydyn, teimlodd y cawr yn wan. Dechreuodd dagrau redeg i lawr ei ruddiau.

'Beth am i ni wneud bara gyda'r blawd yma?' gofynnodd y mynach. 'Ac wrth i ni ei fwyta fe gawn ni sgwrs bellach.'

Dysgodd y cawr lawer am Iesu. Dysgodd hefyd sut i wella ei fywyd ei hun.

'Beth am i ti newid dy ffordd o fyw?' cynigiodd y mynach. 'Edrych – i lawr acw yn y dyffryn, mae'r ffordd yn

rhedeg drwy'r afon. Mae'n hawdd iawn ei chroesi pan mae lli'r afon yn isel, ond pan mae'r dyfroedd yn rhedeg i lawr o'r mynyddoedd mae'r afon yn troi'n llifeiriant. Yn aml iawn mae teithwyr yn syrthio i'r afon ac yn boddi. Beth am i ti ddefnyddio dy nerth i'w cario dros yr afon? Byddan nhw'n dy barchu a'th garu, ac yn rhoi anrhegion i ti am eu helpu.'

Ac felly y bu. Daeth ffermwr heibio a'i drol yn llawn o rawn. Helpodd y cawr i dywys y ceffyl drwy'r dŵr yn ofalus. Am iddo fod mor garedig, rhoddodd y ffermwr ddwy sachaid o rawn i'r cawr.

Daeth masnachwr a'i warchodwyr heibio ag aur pur yn eu pocedi. Cariodd y cawr bob un ohonyn nhw fesul un ar draws yr afon. Derbyniodd lond pwrs o aur am ei garedigrwydd.

Daeth gwehydd heibio â bwndeli o ddillad ar ei gefn ar ei ffordd i'r farchnad. Cariodd y cawr y gwehydd yn ofalus ar draws yr afon. Anfonodd y gwehydd ddillad i'r cawr am ei garedigrwydd.

Aeth blynyddoedd heibio. Yna, un noson, daeth bachgen bach heibio.

'Wnei di fy helpu i groesi'r afon?' gofynnodd i'r cawr.

'Wrth gwrs y gwna i,' atebodd y cawr. 'Ond ddylai plentyn bach fel ti ddim bod allan ar y ffordd ar dy ben dy hun.'

'Fy nhad anfonodd fi,' meddai'r plentyn, 'ac mae'n rhaid i mi fynd yn ôl ato.'

Nodiodd y cawr. Cododd y plentyn ar ei ysgwyddau a dechreuodd groesi'r afon.

Wrth iddo groesi roedd y dŵr yn cyrraedd at benGLiniau'r cawr. Ond wrth iddo gymryd yr ail gam roedd fel petai'r dŵr yn ddyfnach. Erbyn iddo gyrraedd canol yr afon roedd y dŵr yn llifo'n gerrynt o'r mynyddoedd.

Cydiodd y plentyn yn dynn yn ysgwyddau'r cawr. Ond gyda phob cam a gymerai'r cawr, roedd y plentyn yn mynd yn drymach ac yn drymach. Roedd y cawr yn cael cryn anhawster i groesi'r dŵr gan faglu a gwyro dan y pwysau.

'Wnei di fy nghadw'n ddiogel?' llefai'r plentyn.

'Gwnaf yn siŵr,' oedd ateb pendant y cawr. Camodd ymlaen un cam ar y tro, yn ofalus iawn.

O'r diwedd roedden nhw wedi cyrraedd yr ochr arall, a thynnodd y cawr y plentyn i lawr oddi ar ei ysgwyddau'n ofalus.

'Diolch yn fawr,' meddai'r plentyn – a diflannu. Rhwbiodd y cawr ei lygaid. Drwy'r nos bu'n dyfalu pwy oedd y plentyn bach a beth oedd ystyr y cyfarfyddiad.

Y diwrnod wedyn, daeth ei ffrind y mynach heibio. Adroddodd y cawr yr hanes am y plentyn bach.

'Y plentyn a gariaist ar dy gefn oedd Iesu, y Crist-blentyn,' esboniodd y mynach, 'a'r pwysau trwm yna ar dy ysgwyddau oedd pwysau'r drygioni sy'n y byd. Dyma'r pwysau mae Iesu wedi dod i'w gario ar ei gefn.

'Ac o hyn ymlaen dy enw di fydd Christopher, yr hwn sydd wedi cario Crist ar dy ysgwyddau. Bydd dy stori di'n cael ei hailadrodd a daw â nerth a chysur i bawb sy'n teithio ar hyd a lled y byd ac sy'n awyddus i wneud daioni.'

Y goleuni llachar

Mae'r stori hon yn dangos fel y gall un weithred
o garedigrwydd drawsnewid bywyd yn gyfan gwbl.

Bob nos, byddai goleuni llachar i'w weld ar ben y bryn, uwchben y dref.

'Mae'r lleianod yn gweddïo yn yr eglwys,' meddai pobl y dref.

Ar ôl i'r lleianod ddiffodd eu canhwyllau cyn mynd i gysgu yn y lleiandy, fe fydden nhw wrth eu bodd yn edrych ar oleuni'r dref oddi tanynt.

'Mae'r bobl yn mwynhau bod yng nghwmni'i gilydd,' medden nhw wrth ei gilydd.

Bob diwrnod marchnad byddai dwy o'r lleianod yn cario basgedaid o nwyddau i'w gwerthu: caws a chacennau, perlysiau a mêl. Wrth i gloc y dref daro chwech o'r gloch, byddai'r ddwy ar eu ffordd yn ôl i'r lleiandy ar gyfer y gweddïau yn yr eglwys.

Ar ymyl y dref swatiai hen fwthyn bychan yng nghanol y mieri. Tyfai'r chwyn yn wyllt o'i gwmpas. Roedd y ffenestr wedi torri a'r llenni'n garpiog.

'Wyt ti wedi gweld golau yn y bwthyn acw erioed?' gofynnodd y Chwaer Anna un min nos yn yr hydref.

'Naddo wir,' atebodd y Chwaer Maria. 'Ond yn yr haf, pan mae hi'n olau gyda'r nos, rwy'n siŵr fy mod wedi gweld hen wraig yn sbecian drwy'r ffenestr.'

'Os ydi hi'n byw ar ei phen ei hun, efallai y dylen ni alw i'w gweld,' awgrymodd y Chwaer Anna.

Aethant at ddrws y bwthyn a churo. Edrychai'r hen wraig a ddaeth i'r drws yn bryderus iawn. Roedd ei phryder yn ei gwneud yn ddig.

'Beth ydych chi eisiau yma?' gofynnodd yn swta.

'Lleianod ydyn ni, sy'n byw yn y lleiandy ar ben y bryn,' meddent. 'Daethom i'ch gweld am ein bod yn gymdogion i chi, er ein bod yn byw cryn bellter i ffwrdd.'

Oedodd yr hen wraig am funud cyn gofyn, 'Fuasech chi'n hoffi dod i mewn

i orffwyso am ychydig? Does gen i ddim byd arall i'w gynnig i chi.'

'Rhaid i ni frysio'n ôl ar gyfer y gweddïau,' atebodd y Chwaer Maria. Ond gwenodd y chwaer Anna, yr hynaf o'r ddwy.

'Buasem wrth ein bodd yn derbyn eich cynnig,' meddai. Aeth y ddwy leian i mewn i'r bwthyn llwydaidd.

'Ydych chi'n byw ar eich pen eich hun?' holodd y Chwaer Anna.

Dechreuodd yr hen wraig ddweud ei hanes. Roedd ei dau fab wedi mynd i ffwrdd i wlad bell, ac yna bu ei gŵr farw. Bellach roedd ar ei phen ei hun. Yr unig ffordd roedd hi'n cael arian i fyw oedd trwy werthu cynnyrch o'i gardd. Er mwyn cael ychydig mwy o arian roedd hi'n gwerthu popeth o werth yn y tŷ, fesul un.

Dechreuodd yr hen wraig grio. 'Yr unig beth sydd gen i o werth erbyn hyn ydi'r lamp yma,' meddai. 'Fe'i cefais i'n rhodd gan fy mam fedydd pan briodais i. Ond cyn bo hir bydd yn rhaid i mi werthu'r lamp. Beth bynnag, fedra i ddim fforddio ei goleuo – a does arna i mo'i hangen hi yma ar fy mhen fy hun.'

'Dydych chi ddim ar eich pen eich hun heno,' meddai'r Chwaer Anna. 'Wnewch chi addo peidio â'i gwerthu? Fe ddown ni ag olew i chi yr wythnos nesaf ac fe gawn gwmni ein gilydd unwaith eto.'

'Ond beth am y gwasanaeth yn yr eglwys?' sibrydodd Maria.

'Fe ofynnwn ni am ganiatâd i aros yn hwyrach, felly fydd dim rhaid i ni ruthro'n ôl,' atebodd y Chwaer Anna'n uchel.

A dyna ddigwyddodd. Roedd yr hen wraig wrth ei bodd yn eu gweld nhw a gwenodd pan lifodd goleuni llachar o'r lamp drwy'r ystafell.

Yna edrychodd yn drist.

'Dydw i ddim wedi glanhau'r lamp ers tro byd – mae hi'n ddu ac yn fudr. Ac mae'r gornel acw'n llawn o we pry cop.'

'Peidiwch â phoeni,' meddai'r Chwaer Anna. 'Dewch i ni rannu'r gacen yma. Y tro nesaf cawn gyfle i weld pa mor ddisglair yw'r lamp ar ôl i chi ei glanhau.'

Daeth y lleianod i'w gweld yr wythnos ddilynol. Roedd yr hen wraig yn disgwyl amdanyn nhw wrth y drws.

Yn yr ystafell, roedd y lamp wedi'i chynnau a'i golau llachar yn gwneud i'r pres arni ddisgleirio. Roedd y bwrdd wedi'i sgwrio'n lân a'r llawr wedi'i frwsio.

'Dyna groeso arbennig rydyn ni wedi'i gael yr wythnos hon!' meddai'r Chwaer Anna.

Fel roedd yr wythnosau'n mynd heibio roedd yr hen wraig yn teimlo'n llawer hapusach. Roedd hi'n siarad a chwerthin ac yn edrych yn ieuengach a chryfach o lawer.

Aeth ati i lanhau'r tŷ o'r top i'r gwaelod. Trwsiodd y cwrlid oedd ar y gwely a rhoddodd lenni newydd ar y ffenestr.

Aeth allan i'r goedlan i chwilio am goed i gynnau'r tân ar yr aelwyd yn ystod y tywydd oer.

Yn y gwanwyn, dechreuodd chwynnu yn yr ardd, a phlannu llysiau a pherlysiau. Pan oedd hi'n gweithio yn yr ardd, byddai'n sgwrsio gyda hwn a llall. Dechreuodd alw i weld ei chymdogion.

Byddai'n mynd â thuswâu o berlysiau i'w gwerthu i'r farchnad er mwyn

cael ychydig o arian. 'Bydd hyn yn ddigon i mi ar gyfer y gaeaf . . . a digon i mi allu prynu olew i'r lamp,' gwenodd yn hapus. 'Erbyn hyn mae gen i ffrindiau a byddaf yn goleuo'r lamp bob min nos i roi croeso iddyn nhw.'

Tynnodd anadl ddofn. 'Cofiwch, rwy'n gobeithio y dewch chithau i ymweld â mi fel y daethoch y gaeaf diwethaf,' meddai wrth y lleianod.

'Fe ddown ni ychydig yn gynharach,' meddai'r ddwy, 'er mwyn mynd yn ôl ar gyfer y gwasanaeth yn yr eglwys, ac fe gewch chi fwy o amser gyda'ch ffrindiau. Ond bob nos fe fyddwch yn gweld golau'r lleiandy'n disgleirio, ac fe allwn ninnau weld golau llachar eich lamp chi.'

Y jyglwr dawnus

Mae gan bob un ohonom ddawn arbennig
a dylem berffeithio'r ddawn honno i'r eithaf.
Chwedl

Mewn tre yn yr Eidal, flynyddoedd maith yn ôl, roedd torfeydd o bobl yn casglu at ei gilydd.

'Edrychwch, mae'r perfformwyr yn dod!' gwaeddai'r plant. 'Mae yna jyglwyr, acrobatiaid a phobl yn gwneud pob math o driciau hud.'

Dechreuodd y sioe ac roedd pawb wedi'u swyno. 'Edrychwch fel mae'r acrobatiaid yn hedfan drwy'r awyr! Mae'n rhaid nad ydyn nhw'n fodau dynol!'

'Ac edrychwch fel mae'r consuriwr yn dod o hyd i bethau! Tybed a oes yna ryw angylioñ yn hedfan o'i gwmpas ac yn rhoi pethau yn ei law?'

Ond seren y sioe heb os oedd bachgen ifanc oedd yn jyglwr heb ei ail. Roedd yn jyglo gyda pheli lliwgar, ac yn jyglo gyda chylchoedd aur ac arian. Yn sydyn, dechreuodd jyglo gyda chwpanau oedd ar y stondin yn y farchnad.

Roedd pawb yn chwerthin lond eu boliau wrth weld perchennog y stondin wedi dychryn. 'Fy nghwpanau i! Mi fyddi di'n eu torri nhw'n deilchion! Rhaid i ti dalu amdanyn nhw!'

Ond er bod y jyglwr yn eu taflu'n uchel i'r awyr, yna'n dawnsio'n hapus, roedd yn dal pob un o'r cwpanau.

Roedd y dorf wrth ei bodd. Digwyddodd yr un peth yn y dref nesaf, a'r nesaf . . . ble bynnag y byddai'r perfformwyr yn mynd.

Ymhen blynyddoedd, roedd y jyglwr wedi gwneud enw iddo'i hun. Credai nad oedd yn fod dynol gan ei fod yn gallu gwneud triciau mor anhygoel. Dechreuodd fyw'n wastraffus a byddai wrth ei fodd yn gwario'i arian.

Ond un diwrnod cododd o'i wely'n teimlo'n flinedig iawn. 'Dydw i ddim am weithio mor galed,' meddai wrtho'i hun. Ac felly y bu. Ond doedd y jyglwr ddim yn ennill cymaint o arian bellach.

Nid yn unig roedd yn teimlo'n flinedig, ond doedd o ddim mor sionc chwaith. Cael a chael oedd hi weithiau i ddal y peli neu'r cylchoedd.

Un diwrnod, cwympodd un o'r peli.

Dechreuodd y dorf weiddi'n groch arno. Roedd sôn amdano yn y farchnad a'r dafarn. Roedd pawb wedi rhyfeddu at ei gamgymeriad.

Y diwrnod wedyn, syrthiodd un arall o'r peli i'r llawr . . . ac un arall.

Roedd arweinydd y perfformwyr yn ddyn caredig iawn, ond roedd hefyd yn ddyn llym iawn. 'Rwyt ti wedi bod yn llwyddiannus iawn ers blynyddoedd,' meddai wrth y jyglwr. 'Ond rydyn ni i gyd yn heneiddio, a heb fod mor sionc ag yr oedden ni. Rwy'n credu ei bod hi'n bryd i ti chwilio am rywbeth arall i'w wneud.'

Cerddai'r jyglwr bach ar ei ben ei hun ar hyd y ffordd yn meddwl beth i'w wneud am weddill ei fywyd.

Eisteddodd ym môn y clawdd un noson gan syllu ar y lleuad a'r sêr yn disgleirio.

'Yr Hwn a wnaeth yr awyr ydi'r jyglwr mwyaf erioed,' ochneidiodd. 'Mae'r miliynau o sêr yn dilyn eu cwrs fesul un, a dyw'r jyglwr hwn byth yn heneiddio na byth yn drwsgl.'

Yna, yn nhywyllwch y nos, gwyddai'r jyglwr yn union beth yr oedd am ei wneud.

Penderfynodd ymuno â'r mynachod yn y fynachlog a byw i wasanaethu Duw weddill ei oes.

Cyn bo hir daeth o hyd i fynachlog a bu yno ar brawf i weld a oedd yn mwynhau'r bywyd newydd hwn.

Doedd hi ddim yn hawdd.

Doedd o ddim wedi arfer penlinio i weddïo. Doedd o ddim wedi arfer bod yn ddistaw am oriau. Er ei fod yn gallu canu'n dda, doedd o ddim wedi arfer cydganu gyda phobl eraill.

Dechreuodd gredu na allai wneud dim byd yn iawn.

Rhoddwyd tasg iddo un diwrnod i lanhau'r trysorau arian yn yr eglwys. O'i gwmpas ymhob man roedd cerfluniau a delwau o seintiau ac angylion yn edrych arno.

'Roeddwn i'n arfer difyrru torfeydd mwy na hyn,' meddai'n uchel. Roedd y cerfluniau a'r delwau fel petaen nhw gwenu arno.

Yn sydyn, cafodd y jyglwr syniad.

Rhedodd i chwilio am ei beli jyglo ac aeth yn ôl i'r eglwys. 'Rwyf am jyglo i chi,' meddai wrth ei wylwyr distaw.

Am y tro cyntaf ers misoedd lawer, dechreuodd jyglo. Chwyrlïai'r peli yn yr awyr, yn uwch ac yn uwch. Dawnsiodd ei ddawns hapus. Teimlai wrth ei fodd.

'Beth yn y byd wyt ti'n ei wneud?' Roedd llais y mynach yn atseinio drwy'r eglwys. Taflodd y jyglwr y peli'n uchel i'r awyr.

Syrthiodd y peli i'r llawr. 'Nid dyna'r ffordd i ymddwyn. Tŷ Duw ydi hwn,' meddai'r mynach wrtho.

Yn llawn cywilydd, ymddiheurodd y jyglwr a dechreuodd godi'r peli fesul un.

'Wyt ti wedi'u codi nhw i gyd?' meddai'r mynach hŷn yn flin braidd.

'Mae un ar goll,' meddai'r jyglwr gan fynd ar ei bedwar i chwilio amdani.

Tra oedd yn chwilio, daeth yr Abad ei hun i mewn i'r eglwys. Dywedodd y

mynach hŷn yr hanes wrtho.

Edrychodd yr Abad i fyny at do'r eglwys.

'Dacw hi,' meddai. 'Rwy'n siŵr bod y bêl i fyny acw.'

Edrychodd pawb tua'r nenfwd. I fyny'n uchel roedd delw o'r Forwyn Fair a'r baban Iesu yn ei breichiau. Roedd llaw y baban yn ymestyn allan, ac yn ei law roedd y bêl.

Gwenodd yr Abad. 'Mae'n edrych fel petai'r baban Iesu wedi mwynhau dy berfformiad, ac yn derbyn fod gennyt ti ddawn arbennig y dylet ei defnyddio,' meddai wrth y jyglwr. 'O hyn ymlaen, rwyf am i ti ddefnyddio'r ddawn honno i ddifyrru'r bobl, a thrwy wneud hynny byddi di'n llonni calon Duw.'

Stori Ffransis o Assisi

Mae'r stori hon yn dangos fel y gall problem,
o'i rhannu, ddod â bendith i bawb.

Un o Assisi, yn yr Eidal, oedd Ffransis. Cafodd ei eni i deulu cyfoethog ond yn fuan iawn trodd ei gefn ar gyfoeth ei deulu a chyflwyno'i fywyd i ddilyn Iesu. Byddai'n teithio'r wlad yn ei wisg dlodaidd, a bob amser yn chwilio am gyfle i helpu'r tlawd a'r anghenus. Crwydrai'n hamddenol ymysg yr anifeiliaid a'r adar gan eu galw'n frodyr a chwiorydd iddo.

Un diwrnod, ar ei deithiau, gwelodd ddyn oedd yn gofalu am y geifr ar

ochr y mynydd. Ymhlith y geifr roedd oen bach yn brefu am ei fam. Ond doedd neb yn cymryd sylw o'i grio truenus.

Pryderai Ffransis am y creadur druan. 'Edrychwch,' meddai wrth ei ffrindiau. 'Mae'r oen bach yn cerdded yn addfwyn ymhlith y geifr. Er ei fod yn brefu, mae'r creadur bach ar ei ben ei hun.

'Mae'r oen bach yn f'atgoffa o Iesu. Bu yntau'n cerdded ar y ddaear ymhlith pobl nad oedden nhw eisiau ei adnabod. Cyhoeddodd ei neges, y dylai pobl garu Duw a charu ei gilydd, ond eto doedd llawer o bobl ddim eisiau gwrando arno.

'Gan fy mod i'n caru Iesu, rydw i eisiau helpu'r oen bach yna. Beth am i ni ei brynu a mynd ag ef i le gwell?'

'Syniad da,' meddai un o'i gyfeillion, 'ond does ganddon ni ddim arian, gan ein bod yn rhannu'r cyfan gyda'r tlodion.'

Tra oedden nhw'n meddwl beth i'w wneud, daeth masnachwr cyfoethog heibio. Arhosodd i sgwrsio gyda Ffransis, gan ei fod yn gwybod ei fod yn ddyn da. Ar ôl gwrando ar y stori am yr oen bach, cynigiodd y masnachwr ei brynu.

Cariodd Ffransis yr oen bach yn ofalus ar ei ysgwyddau. Roedd pawb a'i gwelodd yn rhyfeddu pa mor annwyl a charedig oedd Ffransis tuag at y creadur.

'Beth ydych chi am ei wneud â'r oen bach? Bydd yn tyfu'n ddafad drom ac ellwch chi ddim cario honno ar eich ysgwyddau!' meddai arweinydd yr eglwys yn y pentref wrtho.

'Rwy'n siŵr y bydd Duw yn dangos i mi beth i'w wneud,' atebodd Ffransis. Ac felly y bu. Heb fod ymhell o'r pentref roedd lleiandy. Pan glywodd y lleianod am yr oen bach, dyna nhw'n cynnig porfa iddo yng nghaeau'r lleiandy.

'Cofiwch chi ofalu'n dda amdano,' mynnodd Ffransis.

'Paid ti â phoeni, fe ofalwn ni am yr oen bach,' oedd ateb y lleianod.

Aeth y blynyddoedd heibio fesul un.

Un diwrnod, derbyniodd Ffransis becyn mawr.

Yn y pecyn roedd gwisg newydd sbon i Ffransis, wedi'i gwneud o wlân cynnes. Roedd neges yn y pecyn. 'Rydym wedi gwneud y wisg hon i chi o wlân y ddafad. Bu eich caredigrwydd yn help i ni fod yn fwy caredig tuag at anifeiliaid a phawb arall sydd mewn angen.'

Y dywysoges garedig

Stori ydi hon am freuddwyd yn troi'n hunllef.
Ond roedd ei ffydd a'i charedigrwydd yn y diwedd
yn ei helpu i fod yn siriol.
Stori am Elisabeth o Hwngari

Flynyddoedd maith yn ôl, yn Hwngari, roedd tywysoges o'r enw Elisabeth yn byw. Pan oedd hi'n eneth fach, fe'i hanfonwyd i fyw at deulu cyfoethog mewn gwlad arall.

'Caiff ei magu i fod yn ffrind i'n mab Ludwig,' cytunodd y teulu. 'A phan fydd hi wedi tyfu'n ferch ifanc fe gaiff hi a Ludwig briodi.'

Pan oedd Ludwig yn blentyn roedd bob amser yn brysur yn paratoi i fod yn filwr. Roedd Elisabeth yn cael ei gadael ar ei phen ei hun gyda'r gwas.

'Mae llawer o bobl dlawd yma,' meddai hi wrtho pan oedd y ddau allan yn y ddinas un diwrnod. 'Oes yna rywun yn gofalu amdanyn nhw?'

'Dydi hon ddim yn broblem i dywysoges fel ti,' meddai'r gwas wrthi.

'Ond yn fy hen gartref cefais fy nysgu'n wahanol,' meddai Elisabeth yn bendant. 'Onid dyna mae ein crefydd Cristnogol yn ei ddysgu i ni?'

Agorodd ei phwrs a rhannodd ei harian i gyd gyda'r cardotwyr oedd yn eistedd yn sgwâr y farchnad.

Daeth y newydd ei bod yn rhannu'i harian i glyw teulu Ludwig. Roeddent yn flin iawn. 'Nid dyma'r ffordd y dylai tywysoges ymddwyn,' meddent.

O hynny ymlaen, byddai teulu Ludwig, y gweision a'r morynion, yn gwylio

Elisabeth yn ofalus. 'Anaml iawn mae hi'n gwisgo'r dillad cain a wnaed yn arbennig ar ei chyfer,' sibrydodd ambell un. 'Mae'n well ganddi wisgo dillad cyffredin pan mae hi'n crwydro ymhlith y bobl ar y stryd.'

'Ac mae hi'n ddigywilydd iawn yn rhannu'n harian ni fel hyn,' cyhoeddodd y Canghellor. 'Mae teulu Ludwig wedi casglu eu cyfoeth yn ofalus iawn dros y blynyddoedd. Does ganddi hi ddim hawl i'w wastraffu ar y cardotwyr.'

'A pham mae hi'n aros cyhyd yn yr eglwys?' gofynnodd yr offeiriad. 'Does dim angen i neb aros yn yr eglwys ar ôl i'r gwasanaeth orffen.'

Dim ond Ludwig oedd yn dal yn driw iddi. 'Elisabeth yw fy ffrind gorau,' meddai. 'Gadewch iddi wneud fel mae hi'n dymuno.'

Ym marn y teulu, roedd hi'n bryd chwilio am wraig mwy addas i Ludwig, ond roedd ef yn bendant y byddai Elisabeth ac yntau'n priodi rhyw ddydd.

Do, fe briodwyd y ddau. Roedd pawb yn y deyrnas yn llawen o weld eu tywysoges newydd. Roedden nhw'n hoff iawn ohoni. Teimlai pawb yn hapus pan aned y plentyn cyntaf, yna'r ail a'r trydydd.

Er ei bod yn brysur iawn yn magu'r plant doedd Elisabeth ddim wedi anghofio am ei phobl. Bu wrthi'n ddiwyd yn trefnu i godi ysbytai ar gyfer y cleifion a'r tlodion. Pan fyddai ganddi ychydig o amser rhydd byddai'n ymweld â hwy ac yn eu helpu cymaint ag y gallai.

Doedd y bobl yn y palas brenhinol ddim yn hapus iawn. 'Beth petai hi'n mynd yn wael?' meddent.

'Ond yn waeth fyth, beth petai hi'n cario haint i'r palas a hwnnw'n lladd ei gŵr?' meddai un arall yn flin.

'Neu wneud niwed i'r plant,' mynnodd un arall.

'Gadewch iddi wneud yr hyn mae hi'n credu sy'n iawn,' dadleuodd Ludwig. 'Mae ei charedigrwydd hi yn gwneud fy nheyrnas yn lle hapus iawn.'

Arhosodd gwŷr y llys am eu cyfle. Pan ddaeth newyn i'r wlad, gofynnodd Elisabeth i'w gŵr a fyddai'n barod i rannu bwyd o'i stordai gyda'r tlodion. Gwyddai gwŷr y llys nad oedd modd ei rhwystro.

'Yr unig beth fedrwn ni ei wneud ydi peidio siarad â hi,' meddent wrth ei gilydd.

'Mae'n rhaid ei bod hi'n ferch dwp iawn,' meddent unwaith eto.

'Efallai y bydd hi'n llwgu i farwolaeth,' meddent wrth ei gwylio'n bwyta llai a llai bob dydd yn union fel roedd y tlodion yn gorfod ei wneud.

Yna, pan oedd Elisabeth yn disgwyl ei phedwerydd plentyn, daeth newyddion drwg. 'Mae yna ryfel mewn gwlad arall,' cyhoeddodd Ludwig. 'Ac rwy'n credu y dylwn i fynd yno i frwydro.'

Dechreuodd Elisabeth grio. 'Efallai na ddoi di byth yn ôl,' meddai a gafael yn dynn yn Ludwig wrth i'r ddau ffarwelio.

Ymhen rhai misoedd fe aned eu pedwerydd plentyn. Yna daeth y newydd roedd hi wedi ei ofni: roedd Ludwig wedi marw o'r pla.

Ddydd ar ôl dydd roedd Elisabeth yn eistedd yn ei hystafell yn crio. Penderfynodd gwŷr y palas eu bod am gael gwared â hi.

Ymhen dim amser, roedd Elisabeth wedi cael ei gyrru o'r palas. Cafodd fynd â'r babi bach newyddanedig gyda hi.

Pan oedd yn dechrau nosi a'r plentyn yn crio, doedd gan Elisabeth unman i fynd i gysgu'r nos. 'I ble yr af i?' meddai dan grio. 'Rwyf wedi cael fy anfon i wlad ddieithr, ymhell o bob man. Does neb yn f'adnabod yn y wlad hon.'

O'r diwedd daeth at ffermdy oedd yn mynd â'i ben iddo. Er mai pobl wyllt iawn yr olwg oedd yn byw yno, roedden nhw'n barod i helpu'r wraig ddieithr a'i babi bach.

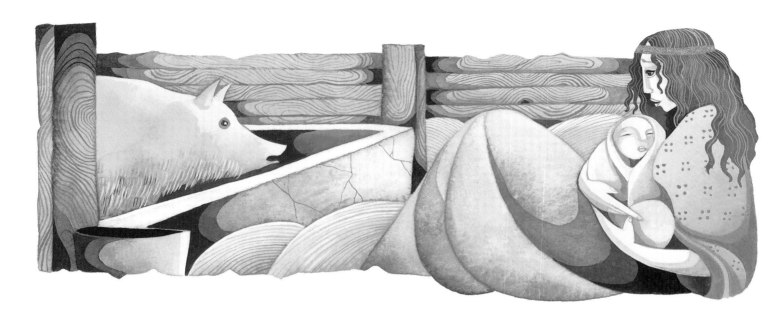

'Mae'r cwt mochyn yn wag,' meddent. 'Mae'n adeilad cadarn ac fe gewch loches ynddo. . . er, cofiwch, mae yna dipyn o arogl yno.'

Roedd Elisabeth mor ddiolchgar. 'Os mai dyma'r lle mae Duw eisiau i mi fod, yna bydd raid i mi chwilio am ffyrdd o wasanaethu Duw yn y cwt mochyn,' meddai wrthi'i hun.

Roedd pawb wedi rhyfeddu at y ffordd roedd hi'n dygymod â'i thlodi. Roeddent hefyd yn flin iawn gyda'r gwŷr drwg oedd wedi ei gyrru o'r palas.

'Mae'n rhaid i ni gymryd sylw o'r hyn mae'r bobl yn ei ddweud,' meddai'r Canghellor un diwrnod. 'Os byddwn ni'n gadael i Elisabeth fyw yn y cwt mochyn, efallai y bydd y bobl yn dechrau ymosod arnon ni, a ni fydd yn colli'r frwydr yn y pen draw.'

Gwnaed ymholiadau, a daethpwyd o hyd i fwthyn bychan iddi fyw ynddo. 'Aros di yma'n ddistaw,' rhybuddiwyd hi. 'A phaid ag ymyrryd o gwbl â ni yn y palas.'

Gwenodd Elisabeth a chytuno. Treuliai bob diwrnod yn nyddu gwlân er mwyn ennill ychydig o arian. Gyda'r nos byddai'n ymweld â'r tlodion a phobl mewn angen. Yn y bore bach, cyn i'r haul godi, byddai'n gweddïo ac yna'n mynd

i eistedd ar lan afon. Weithiau byddai'n pysgota yn nŵr yr afon, a beth bynnag y byddai'n ei ddal byddai'n ei werthu a rhoi'r arian i'r rhai oedd yn dlotach na hi, hyd yn oed.

Ac felly y bu'n byw ar hyd ei hoes.

'Mae'n drueni nad oedd hi'n gwybod sut i fod yn dywysoges go iawn,' meddai gwŷr y palas ar ôl iddi farw.

'Roedd hi bob amser yn byw fel angel,' meddai'r bobl gyffredin.

'Yna gadewch i ni ei chofio fel un o'r seintiau.' A chytunodd pawb.

Y tair coeden fechan

Chwedl am dair coeden a'r modd y daeth eu breuddwydion
a'u dymuniadau'n wir mewn modd annisgwyl iawn.
Chwedl werin

Amser maith yn ôl, roedd tair coeden fechan yn tyfu ar ben mynydd. Yn ystod y dydd byddai'r tair yn lledaenu eu dail i groesawu pelydrau'r haul, ac yn y nos roedden nhw'n sibrwd yn yr awel ysgafn.

Un noson, dan y sêr arian, buont yn rhannu eu breuddwydion â'i gilydd.

'Rydw i'n llyfn ac yn ddisglair,' meddai'r goeden gyntaf. 'Pan fydda i wedi tyfu i fyny rydw i eisiau bod yn gist drysor – yr harddaf yn y byd.'

'Rydw i'n galed ac yn gryf,' meddai'r ail. 'Pan fydda i wedi tyfu i fyny rydw i eisiau bod yn llong ryfel yn cario'r brenin i frwydr.'

Plygodd y drydedd goeden ei phen yn y gwynt. 'Dydw i ddim eisiau symud o'r lle hwn,' meddai. 'Rydw i eisiau tyfu'n dal ac yn hardd fel bod pobl yn edrych arna i ac yn codi eu llygaid tua'r nefoedd.'

Daeth pob tymor yn ei dro, a'r coed yn tyfu'n dalach a thalach.

Un diwrnod daeth y dynion torri coed i fyny'r mynydd.

Edrychodd un ohonynt ar y goeden gyntaf. 'Mae hon yn goeden brydferth iawn,' meddai. Defnyddiodd ei fwyell a chwympodd y goeden gyntaf.

'Efallai'n awr y bydd fy mreuddwyd yn dod yn wir,' meddai hi gan wenu.

Edrychodd y torrwr coed arall ar yr ail goeden. 'Mae hon yn goeden gref. Hon ydi'r un i mi,' meddai. Defnyddiodd ei fwyell a chwympodd yr ail goeden. 'Nawr caf wireddu fy mreuddwyd,' chwarddodd y goeden.

Arhosodd y trydydd torrwr coed wrth ymyl y goeden oedd yn dal i sefyll. 'Mae unrhyw fath o goeden yn ddefnyddiol i mi,' meddai. Cododd ei fwyell. 'Mae fy mreuddwyd ar ben,' wylodd y drydedd goeden wrth gwympo i'r ddaear.

Cymerodd saer coed y pren o'r goeden gyntaf. Bu wrthi'n mesur a thrin y coedyn, ond y cyfan a wnaeth ohono oedd preseb i ddal bwyd anifeiliaid. Daeth ffermwr heibio a phrynu'r preseb a'i lenwi â gwair.

Felly, ni chafodd y goeden gyntaf ei gwneud yn gist drysor hardd.

'Mae fy mreuddwyd yn chwilfriw,' meddai'n ddigalon.

Yna, un noson, pan oedd y sêr yn dawnsio yn yr awyr, clywodd y goeden sŵn lleisiau yn y beudy. Roedd gŵr a gwraig yn cysgodi yno. Aeth y dyn i chwilio am ychydig o wellt glân i'w roi yn y preseb. Ac yno, yng nghanol y gwellt, y rhoddwyd babi oedd newydd gael ei eni.

Ar unwaith roedd y goeden yn gwybod ei bod yn dal trysor, y trysor mwyaf yn y byd i gyd.

Adeiladydd llong gymerodd bren yr ail goeden. Aeth ati i'w fesur a'i lifio'n ofalus i wneud llong bysgota syml. Noson ar ôl noson byddai criw o bysgotwyr yn mynd allan i bysgota ar y llyn. A phob tro roedd y cwch yn llawn o bysgod drewllyd, llithrig.

'Felly, nid cwch yn cario'r brenin i ryfel ydw i wedi'r cwbl,' meddai'r goeden yn drist. 'Mae fy mreuddwyd yn chwilfriw.'

Un noson, chwipiodd storm enbyd dros y llyn. Hyrddiai'r tonnau yn erbyn y llong, gan fygwth ei malu'n ddarnau. Tywalltai'r dŵr i mewn iddi gan ei gwthio'n ddyfnach i'r llyn.

'Help!' gwaeddai'r pysgotwyr mewn ofn. 'Rydym yn siŵr o foddi!'

Aethant i ddeffro un o'r dynion oedd yn gorffwyso ar lawr y cwch ac erfyn arno i'w helpu.

Cododd y dyn ar ei draed. 'Bydd dawel,' meddai wrth y gwynt. 'Bydd ddistaw,' meddai wrth y tonnau.

Bu tawelwch mawr a gwyddai'r goeden mai'r dyn oedd wedi tawelu'r storm oedd y brenin mwyaf yn y byd.

Cariwyd y drydedd goeden i'r iard goed. Cafodd ei llifio'n drawstiau mawr a'i gadael yno. Teimlai wres yr haf ac oerni'r gaeaf, ond gwyddai fod ei breuddwyd hithau'n chwilfriw.

Un diwrnod, clywodd rywrai'n gweiddi. Milwyr cryfion oedd yno, yn

chwilio am drawstiau.

Rhoddwyd y trawstiau ar y drol a'u cludo o'r iard goed.

Yna teimlodd y goeden ei hun yn cael ei chario ar ysgwydd rhyw ddyn, trwy ganol tyrfa o bobl oedd yn gweiddi a bloeddio. Ymhen dim roedden nhw wedi cyrraedd pen bryncyn.

Yno, rhoddwyd dyn ar y trawst a morthwyliwyd hoelion drwy ei ddwylo a'i draed. Codwyd y goeden i fyny i'r awyr a'i gosod yn y ddaear ar siâp croes. Arni y croeshoeliwyd y dyn. Arni y bu farw.

Ar ôl iddo farw cariwyd ei gorff oddi yno. Aeth noson a diwrnod heibio.

Yna, ar y trydydd dydd, cododd yr haul gan ledaenu newydd da i'r byd i gyd. Trwy nerth Duw, roedd y dyn a fu farw ar y groes yn fyw unwaith eto.

Gwyddai'r drydedd goeden fod ei breuddwyd wedi cael ei gwireddu. Byddai pobl yn edrych arni am byth bythoedd ac yn meddwl am y nefoedd a chariad Duw.

Tân y Pasg

*Mae'r stori hon am Padrig yn esiampl
o ffydd yn disgleirio mewn byd tywyll.
Stori Sant Padrig*

Yn Iwerddon, amser maith yn ôl, roedd y gaeaf wedi bod yn un hir a diflas. Roedd y cymylau'n drwm o law, a hwnnw'n cael ei yrru ar ddannedd y gwynt.

'Fe godwn ni'n gwersyll yma,' meddai Padrig wrth ei ffrindiau, 'wrth droed bryncyn Tara.'

'Wyt ti'n credu fod dy gynllun yn werth i ni beryglu ein bywydau ar ei gyfer?' gofynnodd ffrindiau Padrig iddo. 'Fel y gweli, mae'r brenin yn gwneud ei baratoadau ar gyfer gŵyl y tân mawr. Pan fydd yr holl danau yn y deyrnas yn diffodd heno, chaiff neb gynnau unrhyw dân hyd nes bydd y brenin yn cynnau tân yr ŵyl.'

Edrychodd Padrig ar ei ffrindiau. 'Hen ofergoel ydi honno,' meddai. 'Duw ydi arglwydd y tymhorau. Mae'r gwanwyn yn siŵr o ddod, am fod Duw yn dda wrthym; dydi hen ddefodau fel hyn yn cyfri dim.'

O gopa'r bryn daeth sŵn gweiddi a rhuthro byddin o filwyr a'u harfau'n diasbedain. Gofynnodd ffrindiau Padrig gwestiwn iddo: 'Does arnat ti ddim ofn y brenin? Mae ganddo fyddin o filwyr yn ei gynorthwyo.'

'Does yna ddim sy'n gryfach na nerth Duw,' esboniodd Padrig, 'a dim byd sy'n dangos nerth Duw ar ei orau yn fwy na'r hyn fyddwn ni'n ei ddathlu ar doriad gwawr.'

Ar ôl i Padrig a'i ffrindiau orffen eu paratoadau a diffodd y tân, aethant i gyd i gysgu.

O'i gastell ar ben y bryn roedd y brenin wedi bod yn cadw llygad barcud ar yr hyn oedd yn digwydd. 'Y Padrig busneslyd yna, yr un sy'n sôn am Iesu,' meddai wrth ei filwyr. 'Gwyliwch e'n ofalus. Ond yn fwy na dim, byddwch yn barod i ymosod arno os bydd yn anwybyddu traddodiadau ein gŵyl.'

Wrth iddi nosi, roedd y tanau'n diffodd fesul un. Roedd y lleuad ar goll yn y cymylau ac nid oedd seren i'w gweld yn unman. Doedd dim ond tywyllwch dudew ymhob man.

Yna, yn sydyn, dechreuodd aderyn bach ganu.

I lawr yn y dyffryn gwelwyd coelcerth fawr yn llosgi. 'Heddiw rydym yn dathlu bod Iesu Grist wedi atgyfodi,' gwaeddodd Padrig. 'Mae Duw yn ein galw i ymuno yn y dathlu!'

'Y bradwr!' gwaeddodd y brenin. 'Lladdwch Padrig!'

Marchogodd y brenin a'i filwyr tuag ato, a'u harfau disglair yn barod i ymosod.

Safodd Padrig a'i ffrindiau yn y goleuni nes eu gweld yn dod tuag atynt. Yna troesant a dechrau symud i ffwrdd. 'Ar eu holau!' gwaeddodd y brenin nerth ei ben. Yna stopiodd, gan rwbio ei lygaid mewn penbleth.

'Ydych chi'n gwybod i ble maen nhw wedi mynd?' gofynnodd un o'r milwyr.

Doedd yna ddim golwg o Padrig na'i gyfeillion yn unman. Roedden nhw wedi diflannu oddi ar wyneb y ddaear. Doedd yna ddim i'w weld heblaw haid o geirw yn neidio a phrancio yn y goedwig.

Ysgydwodd y brenin ei ben. Edrychodd o'i gwmpas yn wyllt. 'Efallai fod yn rhaid i mi ailfeddwl,' meddai. 'Efallai fod y nerth sy'n gwarchod Padrig yn llawer cryfach na'r hen ofergoelion.' Rhoddodd ei gleddyf yn y wain. 'Dewch i ni ddilyn y Duw y mae Padrig yn ei addoli,' meddai.

Tra oedd yn siarad, torrodd y wawr yn y dwyrain.

Y gaethferch a'i meistr

Stori o'r ugeinfed ganrif ydi hon yn dangos dyfalbarhad
Bakhita i wneud ewyllys Duw.
Hanes Bakhita

Pan oedd Bakhita yn ferch fach, byddai wrth ei bodd yn chwarae dan yr haul crasboeth yn Affrica. Rhedai drwy'r gwair trwchus, gan daflu cerrig llyfnion o un llaw i'r llall a redeg nerth ei thraed fel bod yr awyr o'i chwmpas yn chwibanu wrth iddi fynd mor gyflym. 'Mae hwn yn lle bendigedig i fyw ynddo,' meddai gan chwerthin yn braf.

Gyda'r nos, byddai ei mam yn arfer canu hwiangerdd iddi, cân oedd yn dweud drosodd a throsodd gymaint roedd hi'n cael ei charu.

'Mae gen ti gymaint, yr un fach,' meddai ei mam wrthi. 'Dyna pam rwyf wedi dy enwi yn Bakhita – yr un ffodus.'

Ond, un diwrnod, digwyddodd rhywbeth ofnadwy i Bakhita. Daeth criw o ymosodwyr i'r pentref a mynd â Bakhita gyda nhw i'w gwerthu fel caethferch. Bu raid iddi weithio bob awr o'r dydd. Weithiau byddai'n gweithio y tu allan, yn yr haul poeth ac yn y tywydd oer, rhewllyd; dro arall byddai'n gweithio dan do, mewn ystafelloedd llaith a selerau tywyll. Yn aml, byddai'n cael ei churo a'i cham-drin.

Pan oedd hi'n bedair ar ddeg oed, daeth teulu caredig heibio a'i phrynu. Aethpwyd â hi i wlad ar draws y môr lle roedd y gwynt yn chwythu drwy'r coed olewydd a'r grawnwin yn aeddfedu yn yr haul.

'Dy waith di yma fydd gofalu am ein merch fach, Mimina,' meddai ei meistres newydd wrthi. 'Mae'n rhaid i ti dwtio a glanhau, golchi ei dillad, paratoi prydau bwyd iddi hi a gofalu amdani. Rwy'n siŵr y byddi'n gallu ei diddori hefyd trwy chwarae gêmau a chanu iddi.'

Roedd Bakhita'n mwynhau ei gwaith yn fawr iawn. Wrth iddi hi wylio Mimina'n tyfu, cofiai am ei phlentyndod ei hun, ac am y dyddiau hapus hynny yn yr haul. Roedd hi'n cofio hwiangerdd ei mam ac ystyr ei henw. 'Unwaith eto, rydw i'n ffodus iawn,' ochneidiodd.

Ymhen amser, daeth yn bryd i Mimina fynd i'r ysgol. Anfonwyd hi i ysgol oedd yn perthyn i'r lleianod, yn ninas brydferth Fenis, ac aeth Bakhita yno gyda hi.

Roedd y lleianod yn garedig iawn. Cafodd Bakhita ei thrin â pharch a thynerwch, fel y gweddill o'r plant. Dywedodd y lleianod wrthi am eu ffydd yn y Duw oedd wedi creu'r byd ac a oedd, yn y dyddiau a fu, wedi rhoi cyfreithiau i'r bobl eu cadw.

'Rhoddwyd y cyfreithiau hyn i'r bobl oedd wedi dioddef am eu bod wedi cael eu cam-drin,' esboniodd y lleianod. 'Anfonodd Duw arweinydd o'r enw Moses i arwain y bobl yn rhydd, oherwydd mae Duw eisiau i bawb fyw mewn rhyddid ac urddas.'

Roedd Bakhita wedi rhyfeddu at hyn. 'Felly mae Duw yn union fel Meistr i bawb yn y byd,' meddai. 'Ond ef yw'r Meistr sy'n rhoi rhyddid i'r bobl.'

Cytunodd y lleianod.

Y noson honno, pan oedd Mimina'n cysgu, edrychodd Bakhita i fyny ar y sêr yn awyr y nos. 'Rwy'n siŵr fod Duw am i minnau hefyd fod yn rhydd. Yna Duw fydd fy Meistr i am byth bythoedd,' meddai wrthi ei hun.

Rai misoedd yn ddiweddarach, penderfynodd teulu Mimina eu bod am fynd yn ôl i Affrica. 'Ond rydw i eisiau aros yma er mwyn i mi gael gwasanaethu'r Meistr,' plediodd Bakhita.

Roedd ei meistres yn flin ac wedi ei siomi. 'Rydyn ni wedi dy drin di'n dda,' meddai. 'Rydw i'n siomedig iawn nad wyt ti'n barod i edrych ar ôl Mimina am byth.'

Clywodd y lleianod y dadlau. 'Os ydi Bakhita'n awyddus i aros i wasanaethu Duw fel ei Meistr, yna fe gaiff hi aros yma gyda ni,' meddent wrth ei meistres. 'Wyddoch chi, yma yn yr Eidal mae hi'n anghyfreithlon i gadw caethferch . . . felly nid caethferch ydi Bakhita, ond morwyn.'

Cafodd Bakhita ei rhyddid. Ar ôl iddi gael ei hyfforddi gan y lleianod, cafodd ei bedyddio ag enw newydd, sef Josephine. Ar ôl iddi dyfu i fyny penderfynodd ei bod am ymuno â'r lleiandy a dod yn lleian.

'Gallaf aros yma a gwasanaethu Duw fy Meistr,' meddai gan ganu'n hapus. 'Gallaf goginio, glanhau, gwnio a thrwsio, a gweddïo ar Dduw drwy'r amser.'

Ac felly y bu. Bu'n gwasanaethu Duw bob dydd. Ble bynnag y byddai'n mynd byddai ei thynerwch a'i llawenydd i'w weld bob amser.

Wrth iddi heneiddio, doedd hi ddim yn gallu gweithio'n galed fel o'r blaen.

Un diwrnod, gofynnodd esgob yr eglwys iddi beth oedd hi'n ei wneud drwy'r dydd a hithau'n gaeth i'w chadair olwyn.

'Beth ydw i'n ei wneud?' gofynnodd. 'Yr union beth rydych chi'n ei wneud – sef ewyllys Duw,' atebodd yn siriol.

Tasg syml i Dduw

Mae'r stori hon yn dangos fel yr oedd Isidore
a Maria yn byw bywyd o ffydd, symlrwydd,
gonestrwydd a haelioni.
Chwedl Sant Isidore

Pan oedd Isidore'n fachgen bach, dysgodd ei dad ef sut i aredig.

'Mae'n rhaid i ti dorri cwys syth i ddechrau,' meddai ei dad wrtho. 'Yna bydd yr ail gwys hefyd yn syth, a'r nesaf, a'r nesaf. Os gwnei di ddilyn fy nghyngor, byddi'n paratoi'r tir yn dda ar gyfer hau a bydd yr haul a'r glaw yn sicr o'th helpu i gael cynhaeaf da.'

Gwrandawodd Isidore'n ofalus a cheisiodd wneud ei orau. Un diwrnod, safodd yr offeiriad i'w wylio. 'Gwneud tasg syml er clod i Dduw yw'r peth gorau y galli di ei wneud,' meddai'r offeiriad yn galonogol. 'Felly, pan fyddi di'n aredig, gweddïa ar Dduw am help, ac edrycha'n syth yn dy flaen, fel petait ti'n edrych tua'r nefoedd.'

Gwrandawodd Isidore'n astud ar eiriau'r offeiriad. Pan oedd yn ddyn ifanc aeth i weithio i ffermwr cyfoethog oedd yn berchen llawer o dir yn y rhan honno o Sbaen. 'Mae'n weithiwr diwyd,' canmolodd y rheolwr, 'ac mae'n haeddu cael un o'n bythynnod fel y gall ef a'i ddyweddi gael cartref gysurus.'

Cariodd Isidore ei briod, Maria, dros drothwy'r bwthyn. 'Ti yw'r un fydd yn cerdded gyda mi yr holl ffordd i'r nefoedd,' meddai wrthi gan chwerthin.

Tyfodd y ddau mewn cariad at ei gilydd ac at bawb yn y byd.

'Does neb cystal ag Isidore am aredig,' meddai cymydog iddo. 'Mae'n dweud mai'r rheswm am hynny ydi ei fod yn gweddïo ar Dduw wrth iddo ddilyn yr ychen i fyny ac i lawr y caeau.'

'Wel, mae Duw yn sicr wedi ateb ei weddïau,' meddai un arall. 'Ddoe, roeddwn i'n ei wylio ar ochr y bryn . . . a gwelais angylion yn arwain yr ychen, ac yn eu hannog i symud yn ôl a blaen.'

'Mae Maria bob amser yn brysur yn yr ardd,' meddai un o'r gwragedd wrth sgwrsio ar y ffordd i'r farchnad. 'Mae'n tyfu nionod, cennin, pys a ffa . . . ac mae ganddi gwch gwenyn ac ieir. Mae'n syndod nad yw ei gŵr yn dewach gyda'r holl brydau blasus mae hi'n baratoi iddo.'

'Ond wyddoch chi ddim pwy sy'n cael gwahoddiad i gael swper gyda nhw?' gofynnodd un arall. 'Mae ei gŵr yn ddyn hael; mae'n gwahodd y tlodion i ddod i gael bwyd gyda nhw. Rydw i wedi clywed na wnaiff o ddim bwyta nes ei fod yn sicr fod y tlodion wedi cael llond eu boliau.'

'Rwy'n diolch i Dduw am ein bendithio â chynaeafau da,' meddai Isidore wrtho'i hun wrth iddo gerdded ar hyd y llwybr rhewllyd. 'Er i'r gaeaf bara'n hir eleni, mae gen i sachaid o wenith yn barod i'w drin i wneud blawd.'

Wrth iddo fynd ar ei daith clywodd yr adar yn trydar yn y coed noeth. Edrychodd i fyny. 'Ydych chi'n cael bwyd o'r caeau a'r gwrychoedd?'

gofynnodd iddyn nhw.

'Nac ydyn,' atebodd yr adar i gyd gyda'i gilydd yn ddigalon.

'Dewch, mae gen i fwyd i chi,' meddai Isidore gan arllwys hanner sachaid o wenith ar y llawr. Daeth yr adar i lawr o'r coed a dechrau bwyta'n awchus.

Ymlaen yr aeth Isidore gyda hanner sachaid o wenith tua'r felin. Roedd y melinydd yn brysur, ond dywedodd wrth Isidore y byddai'n siŵr o gael cyfle i'w helpu ymhen rhyw wythnos.

Pan ddychwelodd Isidore, roedd sachaid lawn o flawd yn barod ar ei gyfer.

'Mae hyn yn ormod,' meddai Isidore. 'Dim ond hanner sachaid o wenith adewais i yma.'

'Sachaid lawn gefais i gen ti,' esboniodd y melinydd. 'Rwy'n cofio'n iawn.'

Pendronodd Isidore. 'Os wyt ti'n siŵr mai fi bia'r sachaid yma, rwy'n fodlon iawn mynd ag ef, gan y bydd yna ragor i'w rannu yn y tywydd oer yma.'

Fel hyn y treuliai Isidore a Maria eu bywyd, yn gofalu am ei gilydd ac am bobl eraill.

Un noson, roedd Isidore'n arwain yr ychen ar ôl diwrnod caled o aredig yn y caeau. 'Da iawn chi, greaduriaid,' meddai. 'Dyma'r diwrnod gorau o aredig i ni ei wneud gyda'n gilydd.'

Rhwbiodd ei lygaid. Ymddangosodd angylion o'i gwmpas. Tynnodd rhai o'r angylion yr ychen o'r cyfrwy a'u harwain i'r beudy. Gwthiodd eraill yr aradr i'r sièd. Gafaelodd dau angel yn nwylo Isidore. 'Tyrd,' meddent wrtho. 'Dydi Maria ddim adref. Mae hi'n disgwyl amdanat yn y nefoedd. Gad i ni fynd yno'n syth.'

Ac felly y gadawodd Isidore ei fywyd ar y ddaear a mynd i'r nefoedd at Dduw.

Druan o'r ferch gyfoethog

*Stori yw hon am y perygl o fod yn hunanol
a'r llawenydd a geir wrth rannu.*

Merch i fasnachwr oedd Susanna. Roedd hi'n brydferth ac yn gyfoethog. Pan oedd hi'n fabi bach byddai'r morynion yn dweud wrthi pa mor ddeniadol oedd hi. Ond, er ei bod hi'n ferch brydferth, roedd hi'n mynnu cael ei ffordd ei hun a byddai hynny'n ei gwneud yn flin ac yn hunanol.

Ar ôl iddi dyfu i fyny, gwelodd drosti ei hun nad oedd hi'n boblogaidd ymysg ei ffrindiau. Pan fyddai'r genethod eraill i gyd yn dawnsio, byddai hi'n cael ei gadael ar ei phen ei hun.

'Beth sy'n bod ar y genethod eraill?' cwynodd wrth ei hen nyrs y bore wedyn. 'Fe hoffwn i eu gwneud i gyd yn debyg i mi.'

'Os wyt ti eisiau gwneud hynny, yna bydd raid i ti fynd i weld yr hen wraig ddoeth sy'n byw ar ochr y mynydd,' cynghorodd ei nyrs.

'Rwyf am anfon neges gydag un o'r bechgyn sy'n gweithio yn y stabl,' atebodd Susanna. 'Os rhof lond pwrs o arian iddi, rwy'n siŵr y bydd yr hen wraig yn barod i ddweud wrthyf sut i gael fy ffordd fy hun.'

Aeth y negesydd i ffwrdd, ond fel roedd yr haul yn machlud dychwelodd gyda'r pwrs yn dal yn llawn.

'Os wyt ti eisiau gwybod sut i gael dy ffordd dy hun, yna mae'n rhaid i ti dy hun fynd i weld y wraig ddoeth,' esboniodd. 'A dywedodd fod yn rhaid i ti gerdded yno.'

Pwdodd Susanna am wythnos a gwrthododd fynd i weld yr hen wraig. Yn raddol, dechreuodd weld drosti'i hun na fyddai dim yn digwydd os nad oedd hi'n barod i fynd.

'Mae'n bur debyg y bydd raid i mi fynd i'w gweld,' meddai'n bwdlyd. Mynnodd fod y morynion yn paratoi popeth iddi ar gyfer y daith: esgidiau uchel o'r lledr gorau, clogyn o wlân cynnes a basgedaid o fwyd.

Cychwynnodd ar ei thaith yn y bore bach, drwy strydoedd y dref ac ar hyd y llwybr oedd yn arwain i'r mynydd.

Wrth iddi hi gerdded, teimlai'r esgidiau lledr yn gwasgu ei thraed.

'Maen nhw'n rhy fychan i mi,' cwynodd wrthi ei hun. Cyn

bo hir daeth at fwthyn a hen wraig yn eistedd ar ei chadair y tu allan i'r drws ffrynt.

'O! mae nhraed i'n brifo,' cwynodd Susanna gan eistedd wrth ochr yr hen wraig. 'Ond mae'n rhaid i mi ddringo i fyny'r mynydd i weld y wraig ddoeth.'

Edrychodd yr hen wraig ar Susanna. Edrychodd ar ei hesgidiau.

'Dim ond yr hen esgidiau bregus yma sydd gen i,' meddai'r hen wraig, 'ond erbyn hyn maen nhw wedi mynd yn rhy fawr i mi. Efallai y bydden nhw'n dy ffitio di'n well na'r esgidiau yna,' meddai gan bwyntio at esgidiau Susanna.

'Fydda i ddim gwaeth o'u trio nhw,' oedd ateb Susanna. Er syndod iddi, roedd yr esgidiau'n ffitio i'r dim. Rhoddodd ei hesgidiau hi i'r hen wraig ac i ffwrdd â hi ar ei thaith.

Wrth iddi ddringo'n uwch ac yn uwch, roedd hi'n dechrau oeri a chwythai'r gwynt ei chlogyn. Gwgai'r cymylau tywyll a dechreuodd fwrw glaw yn ddafnau mawr, trwm.

Rhedodd Susanna nerth ei thraed ac ymhen ychydig gwelodd fwthyn coedwigwr yng nghanol y coed.

'O'r diwedd, dyma le i mi ymochel rhag y glaw,' meddai gan redeg o dan y

fargod lle roedd y coedwigwr yn sefyll.

'Buaswn yn wlyb domen yn y clogyn gwlanog yma,' meddai wrtho.

Edrychodd y coedwigwr arni. 'Efallai y buasai'n well i ti gael y darn o gynfas sydd ar fy ngwely. Ond mae fy ngwraig yn wael ac ni fuasai ganddi ddim i'w chadw'n gynnes petawn i'n rhoi'r cynfas i ti.'

'Beth am i ni gyfnewid?' gofynnodd Susanna'n obeithiol.

'Os wyt ti'n dymuno,' cytunodd y coedwigwr.

Rhoddodd y cynfas iddi; lapiodd hithau'r deunydd carpiog yn dynn amdani ac ailgychwyn ar ei thaith. Ymlaen yr aeth gan fwyta tamaid o fwyd bob hyn a hyn.

Wrth iddi hi ddringo i fyny ochr y mynydd, daeth ar draws bwthyn oedd yn perthyn i'r bugail. Roedd sŵn gwraig yn crio yn dod ohono.

Esboniodd y wraig bod ei phlentyn yn wael a doedd ganddi ddim i'w roi iddo i'w fwyta hyd nes y byddai ei gŵr yn dychwelyd o'r dref.

'Fydd hynny ddim tan drennydd,' meddai dan grio, 'ac mae'r plentyn yn wan iawn erbyn hyn.'

Agorodd Susanna ei basged. 'Edrychwch, mae gen i fara cartref hyfryd ac ychydig o fenyn yma. Cymerwch ef – a gobeithio y bydd eich plentyn yn gwella'n fuan.'

Roedd y wraig yn hynod o ddiolchgar, a

dymunodd yn dda i Susanna ar ei thaith.

Roedd hi'n nosi pan gyrhaeddodd Susanna ben y mynydd a bwthyn yr hen wraig ddoeth. Yn araf deg, cerddodd at y drws a dechrau curo. Doedd dim ateb. Arhosodd am amser hir, ond ni ddaeth neb at y drws.

'O! a minnau wedi cerdded yr holl ffordd – i ddim byd!' Dechreuodd Susanna grio, yna trodd fwlyn y drws. Agorodd y drws ac aeth hithau i mewn i'r bwthyn i orffwyso dros nos. Er mawr syndod iddi, gwelodd fod grug wedi'i daenu ar y gwely ac roedd nodyn arno. 'Rwyf wedi gweddïo drosot ti, ac yn y man fe weli y bydd dy fywyd yn siŵr o newid er gwell.'

Roedd Susanna wedi blino'n lân. Syrthiodd i gysgu ar y gwely. Drannoeth, ar godiad haul, cychwynnodd ar ei thaith yn ôl am adref.

Pan gyrhaeddodd fwthyn y bugail, gwelodd y fam a'i phlentyn yn sefyll yn y drws a'r ddau yn chwerthin yn hapus. 'Mae e'n well o lawer,' meddai'r fam wrth Susanna. Sylweddolodd hithau nad oedd hi wedi teimlo'n llwglyd o gwbl ar ôl iddi rannu ei phryd bwyd gyda'r plentyn.

Pan gyrhaeddodd fwthyn y coedwigwr, roedd ei wraig ac yntau'n sefyll wrth y drws. 'Cysgais yn drwm dan y clogyn cynnes ac erbyn hyn rwy'n ddigon cryf i godi o'r gwely,' meddai gwraig y coedwigwr.

Sylweddolodd Susanna nad oedd y glaw a'r gwynt oer wedi gwneud dim niwed iddi er iddi roi ei chlogyn i'r wraig.

Pan gyrhaeddodd fwthyn yr hen wraig, roedd hi'n brysur yn smwddio. 'Wrthi'n smwddio fy nillad gorau ydw i er mwyn cael mynd i briodas fy nith yfory,' esboniodd. 'Roeddwn i'n gobeithio y buaswn i'n cael gwisgo eich esgidiau chi gan eu bod yn edrych yn well o lawer na'r hen esgidiau oedd gen i, ac maen nhw'n ffitio i'r dim.'

'Fe gewch nhw â chroeso,' meddai Susanna. 'Mae'r rhai gefais i gennych chi yn fy ffitio i i'r dim hefyd.'

'Roedden nhw'n esgidiau da unwaith,' meddai'r wraig. 'Roeddwn i'n eu gwisgo i weithio, i gerdded . . . ac i ddawnsio. Er eu bod nhw'n hen, rwy'n siŵr y byddwch wrth eich bodd yn dawnsio ynddyn nhw.'

Gwenodd Susanna. 'Fe wnaf fy ngorau,' atebodd Susanna.

Ac ar hynny dawnsiodd yr holl ffordd i'r dref, ac roedd hi'n teimlo fel geneth newydd sbon.

Gwelodd griw o enethod eraill hi'n gwenu, yn curo dwylo, yn sgipio ac yn troelli. 'Da iawn, ardderchog!' medden nhw wrthi. 'Tyrd i ddawnsio gyda ni.'

Ac ymunodd Susanna yn yr hwyl.

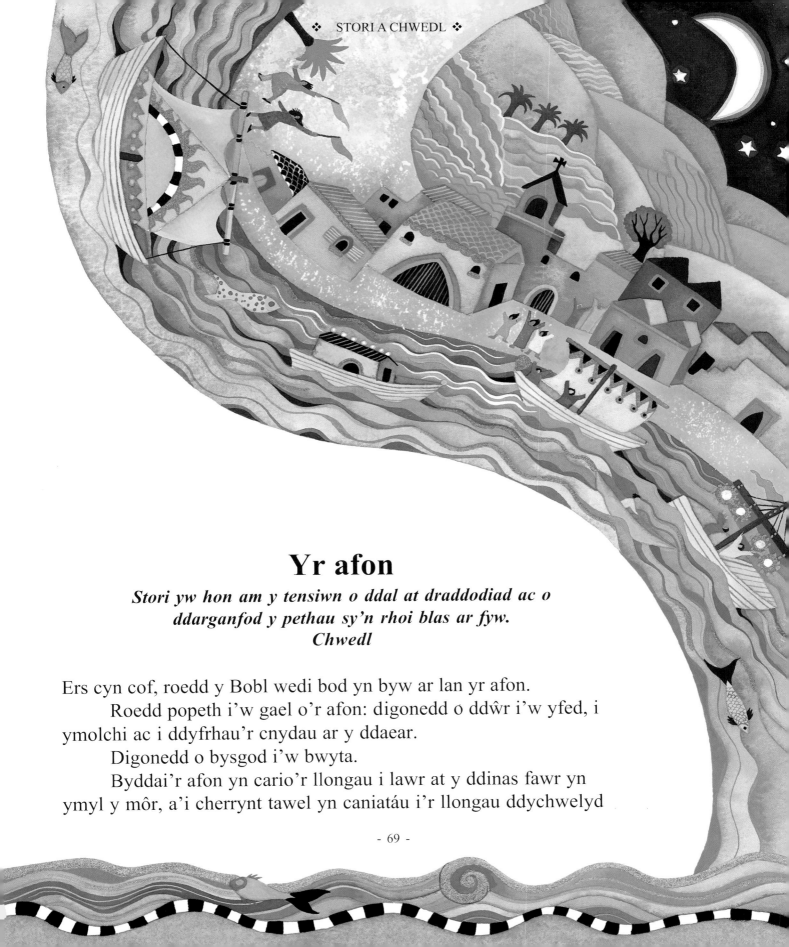

Yr afon

***Stori yw hon am y tensiwn o ddal at draddodiad ac o
ddarganfod y pethau sy'n rhoi blas ar fyw.
Chwedl***

Ers cyn cof, roedd y Bobl wedi bod yn byw ar lan yr afon.

Roedd popeth i'w gael o'r afon: digonedd o ddŵr i'w yfed, i
ymolchi ac i ddyfrhau'r cnydau ar y ddaear.

Digonedd o bysgod i'w bwyta.

Byddai'r afon yn cario'r llongau i lawr at y ddinas fawr yn
ymyl y môr, a'i cherrynt tawel yn caniatáu i'r llongau ddychwelyd

yn ôl i fyny'r afon.

Roedd y dorlan a'r pyllau bychain yn cynnig lle ardderchog i chwarae.

Roedd holl draddodiadau'r Bobl – eu storïau, eu caneuon a'u credoau – i gyd wedi eu canoli ar yr afon. Bob blwyddyn, byddent yn cynnal gŵyl fawr i glodfori'r afon, gyda phartïon hapus ar gychod oedd wedi eu goleuo ac yn dawnsio ar wyneb y dŵr.

'Hwrê i'r afon!' gwaeddai'r plant.

Un flwyddyn, roedd llif yr afon yn is nag arfer.

'Mae pob tymor yn wahanol,' meddai'r hen bobl. 'Does dim llawer o law wedi disgyn yn ystod y misoedd diwethaf, ond wnaiff yr afon byth sychu.'

Ond dal i ddisgyn a wnâi lefel y dŵr.

'Os na fydd llif yr afon yn codi, bydd yn rhaid i ni fod yn ofalus iawn faint o ddŵr i'w ddefnyddio i ddyfrio'r cnydau,' meddai'r dynion.

'A dydi'r dŵr ddim mor bur a glân ag oedd o, ac mae ei

flas yn chwerw,' cwynodd y merched.

'Dydi'r afon ddim yn lle da i chwarae erbyn hyn, chwaith,' ochneidiodd y plant.

Y flwyddyn honno, doedd yr ŵyl ddim yn llwyddiant. Doedd y llongau ddim yn gallu symud gan fod y llif mor isel. Doedd neb yn gweiddi hwrê.

Fis yn ddiweddarach, roedd gwely'r afon bron yn sych.

'Beth wnawn ni'n awr?' holodd y plant oedd yn stelcian ar lan yr afon.

Atebodd un ferch. 'Fe wn i,' meddai. 'Beth am fynd i chwilio am yr afon?'

Neidiodd y plant i gyd ar eu traed. 'I ffwrdd â ni!' meddai pawb gan ruthro i ddweud wrth eu teuluoedd am eu cynlluniau.

'Ond does gennych chi ddim syniad pa fath o daith sydd o'ch blaen,' rhybuddiodd y rhieni. 'Pwy ŵyr beth sydd wedi digwydd i'r afon? Efallai y byddwch yn cerdded a cherdded – i ddim pwrpas.'

'Os ydi'r afon yn dal i lifo, yna fe fydd hi'n siŵr o lifo i'r cyfeiriad hwn,' meddai'r teidiau a'r neiniau. 'Yma mae hi'n perthyn. Mae'r hen chwedlau'n dweud hynny. Mae'r caneuon yn dweud hynny. Ac rydyn ninnau'n dweud hynny hefyd.'

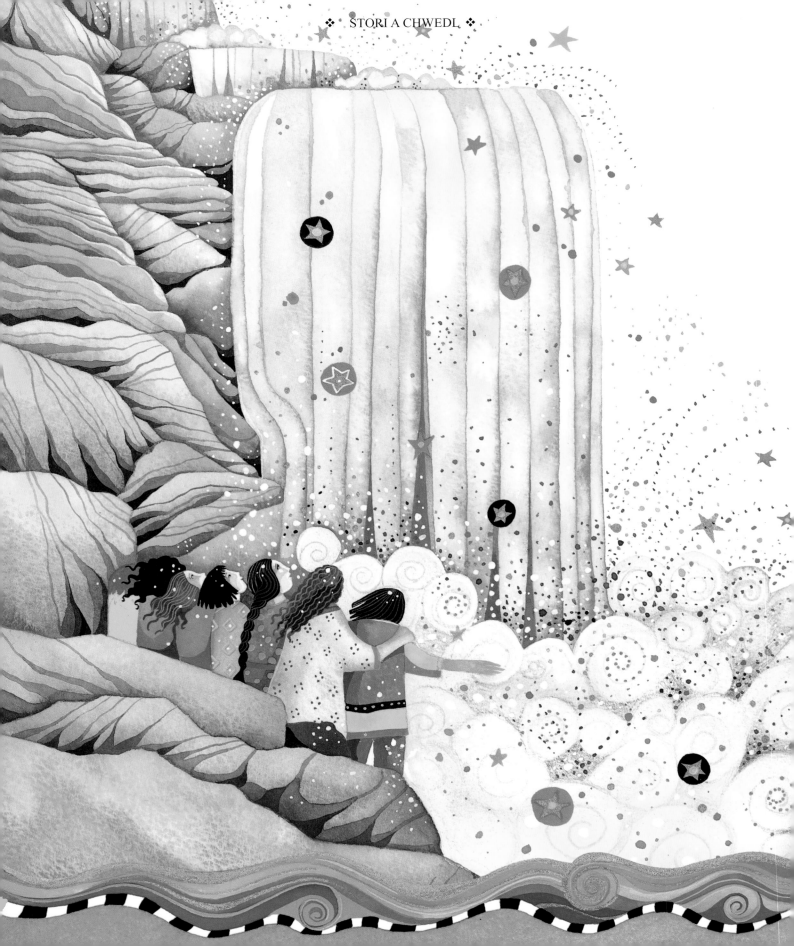

'Ond fe allwn ni fynd i chwilio amdani,' dadleuodd y plant.

O'r diwedd fe gytunwyd, ac aeth criw o blant i chwilio am yr afon oedd yn rhoi bywyd iddyn nhw.

Roedd y daith yn hir a chaled: i fyny llwybrau'r mynydd hyd at y gorwel. O'r diwedd, ar ôl teithio am ddyddiau, a chroesi'r bwlch, gwelsant rywbeth yn disgleirio o'u blaenau: rhaeadr oedd mor bur a phrydferth nes edrych fel petai'n dod i lawr o'r nefoedd. Roedd ei ddŵr yn tasgu ac yn disgleirio yn yr haul.

'Edrychwch,' meddai'r plant. 'Draw acw mae'r afon! Mae yna graig wedi syrthio ac mae honno wedi peri i'r afon newid ei chwrs. Mae'n llifo'n awr i ddyffryn arall, ac mae'r wlad o gwmpas yn wyrdd a'r blodau'n lliwgar.'

Cychwynnodd y plant yn hapus ar eu taith yn ôl adref.

'Newydd da,' meddai'r plant. 'Mae'r afon yn llifo i gyfeiriad arall. Gallwn godi cartref newydd ar lan yr afon sy'n rhoi bywyd i bawb.'

'Ond yma mae'n cartref ni – a'ch cartref chithau hefyd,' meddai'r rhieni.

'Yma mae cartref ein pobl wedi bod ar hyd yr amser, ac yma mae'n rhaid i ni aros,' meddai'r hen bobl.

'Ond fedrwn ni ddim aros yma heb afon,' meddai'r eneth gafodd y syniad i fynd i chwilio amdani. Edrychodd o'i chwmpas. Roedd y bobl i gyd wedi ymgynnull i wrando ar hanes eu taith i chwilio am yr afon, ond

doedden nhw ddim yn fodlon gwrando ar y gwir plaen.

'Fedrwn ni ddim aros yma,' meddai'r eneth eto. Yn ei meddwl, gwelai unwaith yn rhagor y rhaeadr mawr oedd yn bur a phrydferth. Meddai hi, 'Mae'n rhaid i ni fod yn ddigon mentrus i fynd i ble bynnag y mae dŵr bywyd yn llifo o'r nefoedd.'

Roedd pawb yn ddistaw. Edrychodd y bobl arni yn ofnus ac yn anghyfeillgar. Yna cododd ei nain ar ei thraed, ac ymsythu gan afael yn dynn yn ei ffon gerdded.

'Fe fyddaf i'n dal i garu'r lle hwn a'r hyn oedd yn digwydd yma pan oeddwn yn eneth fach,' meddai. 'Ond os ydi'r afon wedi symud, yna rwyf am fynd i chwilio amdani ac yno y byddaf yn codi fy nghartref newydd.'

Ac felly y bu. Symudodd y Bobl i'r fan lle roedd dŵr o'r nefoedd yn llifo i'w bendithio i gyd.

Y mynach a'r llygod

*Nodwedd amlwg o'r stori hon ydi'r elfen o gyfeillgarwch
tuag at holl greaduriaid Duw a'r gallu i gyd-fyw gyda nhw.
Hanes Martin de Porres*

Flynyddoedd maith yn ôl, mewn mynachlog ym Mheriw, roedd yna haid mawr o
lygod yn byw.

Roedd rhai ohonyn nhw'n byw ar yr aelwyd yn ystafell yr Abad lle roedd
tân braf yn rhuo ac yn eu cadw'n gynnes yn y tywydd oer.

Roedd rhai eraill yn byw y tu ôl i'r paneli coed yn ystafelloedd cysgu'r
mynaich. Yn ystod y dydd fe fydden nhw'n cerdded dros y gwelyau ac yn cnoi

darnau o'r blancedi i ddiddosi eu nythod.

   Fel llygod ymhob man, roedden nhw'n rhai da am guddio, ond roedden nhw'n gwneud bywyd yn annioddefol i'r mynaich.

   O'r diwedd, roedd y mynaich wedi cael digon ar y llygod. 'Mae'n rhaid i ni chwilio am ffordd i gael gwared â'r llygod yma!' ebychodd yr Abad. 'Mae'n rhaid i ni feddwl am bob ffordd dan haul i'w gwared nhw.'

   'Beth am i ni gael cath i'w hela?' awgrymodd un mynach.

   'Beth am osod trap i'w dal nhw?' meddai un arall.

   'Beth am osod gwenwyn yma ac acw?' meddai'r trydydd.

   'Beth am wneud y pethau hyn i gyd?' cynigiodd yr Abad.

   'Ond arhoswch am funud,' meddai un mynach gan godi'i law.

   'Oes gennych chi rywbeth i'w ychwanegu, Martin?' gofynnodd yr Abad.

   'Oes,' atebodd Martin. 'Rydw i yn cael cyfarfodydd diddorol iawn gyda'm

ffrindiau bach, y llygod. Maen nhw'n gwybod yn iawn eu bod yn dibynnu arnon ni. Rwy'n siŵr petawn i'n dweud wrthyn nhw am fynd i fyw ymhellach oddi wrthym y bydden nhw'n ufuddhau.'

Gwgodd yr Abad, ond roedd y mynaich ifanc yn cytuno gyda Martin. 'Mae'n werth rhoi cynnig arni, Martin,' medden nhw'n anogol.

Felly, rhoddodd yr Abad ei ganiatâd.

Pan aeth Martin i'r gegin, gwelodd un o'r llygod yn bwyta darn o gaws oedd wedi'i adael ar y bwrdd. Gofynnodd Martin i'r llygoden ddweud wrth y prif lygod yn y fynachlog am ddod i gyfarfod pwysig yn y gegin.

Ar ôl iddyn nhw i gyd ymgynnull, dechreuodd Martin siarad.

'Mae'r mynaich yn teimlo na ddylech chi lygod fod yn byw yn y fynachlog gyda ni. Mae Duw wedi eich creu yn anifeiliaid gwyllt, ac rwy'n siŵr y gallech godi cartrefi cysurus i chi eich hunain yng ngardd y fynachlog.'

'Efallai'n wir,' meddai un o'r prif lygod, 'ond mae yna gynifer ohonom fel y byddai'n anodd iawn dod o hyd i ddigon o fwyd ar gyfer pawb. Mae yna gnydau da yn tyfu yn eich caeau a'ch gerddi, ond rydych yn eu cynaeafu'n ofalus.'

'Rydych yn berffaith gywir,' cytunodd Martin. 'Rydw i'n fodlon dod â mwy o fwyd o'n storfeydd i chi. A'r flwyddyn nesaf, byddwn yn gadael rhan helaethach o'n cynhaeaf i chi.'

Ac felly y cytunwyd. Roedd yr Abad wedi'i syfrdanu wrth weld y llygod yn rhedeg yn hapus i lawr y grisiau ac allan o'r fynachlog.

A byth ar ôl hynny, bu'r mynaich a'r llygod yn cyd-fyw yn hapus.

Y rhoddwr hael

***Bu chwedl sant Nicolas wedi ysbrydoliaeth
ar gyfer straeon am Siôn Corn.
Chwedl Sant Nicolas***

Diwrnod digon diflas oedd hi yn nhref brysur Myra. Roedd hi'n dal i fwrw eira a hwnnw'n gadael ei ôl ar y strydoedd culion.

Roedd tair chwaer ar eu ffordd adref. Yn eu pocedi roedd yr ychydig geiniogau a gawsant wrth fegera yn ystod y dydd.

'Arhoswch am funud bach,' meddai'r ieuengaf. 'Mae 'na briodas yr ochr arall i'r stryd. Dewch i ni gael gweld beth mae'r briodferch yn ei wisgo.'

'O, mae ei gwisg hi'n hyfryd,' meddai'r ail chwaer, 'ond mi fuaswn i'n fodlon priodi hyd yn oed yn y dillad carpiog yma.'

'Chawn ni byth briodi,' meddai'r chwaer hynaf yn drist, 'Mae Nhad wedi dweud nad oes ganddon ni ddigon o arian.'

'Ydi hynny'n golygu na fydd yr un teulu eisiau i'w mab briodi un ohonon ni?' gofynnodd yr ieuengaf.

'Ydi, mae hynny'n berffaith wir,' atebodd yn ferch ganol yn benisel.

'Yr unig beth sydd gennym ar ôl i'w werthu, felly, ydi ni ein hunain,' ychwanegodd y ferch hynaf yn chwerw

Trodd y tair eu cefnau ar y briodas, lle roedd pawb yn hapus a llawen, a cherdded i gyfeiriad rhan dlotaf y dref.

Roedd Esgob tref Myra ymhlith y dorf; gwenodd ar y genethod wrth iddyn nhw fynd heibio.

'Ydych chi'n credu y byddwch chithau'n priodi'n weddol fuan?' gofynnodd iddyn nhw yn ei ffordd garedig ei hun.

Ysgydwodd y genethod eu pennau. 'Does gan Nhad ddim arian,' esboniodd un ohonynt.

Edrychodd yr Esgob yn drist ar y chwiorydd wrth iddyn nhw brysuro ar eu ffordd adref.

Roedd y bwthyn lle roedden nhw'n byw yn un tlawd iawn. Yn y gaeaf, pan oedd y tywydd yn arw, roedd yn rhaid cau caeadau'r ffenestri yn dynn gan nad oedd yna ddim gwydr

ynddynt. Roedd rhimyn tenau o fwg yn codi drwy'r simdde o'r tân mawn roedden nhw wedi'i gynnau y bore hwnnw.

'Mae nhraed i'n wlyb domen,' cwynodd y chwaer ieuengaf wrth iddi geisio twymo'i thraed o flaen y tân.

'A nhraed innau'n rhewllyd o oer,' meddai'r chwaer ganol.

'Beth am i ni adael ein hesgidiau ar yr aelwyd o flaen y tân, a hongian ein sanau ar y bachau wrth ochr y grât?' cynigiodd y chwaer hynaf. 'O leiaf fe fyddan nhw ychydig yn gynhesach erbyn y bore.'

Felly, gwnaethant eu hunain yn weddol gyfforddus o flaen y tân llwm oedd yn y grât, gan aros i'w tad ddod adref.

Pan gyrhaeddodd, teimlai'n flin a siomedig gan ei fod wedi treulio'r diwrnod yn chwilio am waith, ond doedd neb wedi cynnig dim iddo.

Eisteddodd y teulu mewn distawrwydd i fwyta swper o gawl a bara, a phob un ohonyn nhw'n pryderu pa ddiflastod fyddai gan yfory i'w gynnig. Fel roedd y tân yn diffodd yn y grât, aeth y chwiorydd a'u tad i'r gwely.

Yn y cyfamser, roedd yr Esgob wedi mynd i'r wledd briodas ond roedd yn dal i feddwl am y tair chwaer. 'O diar', meddai wrtho'i hun, mae genethod sy'n rhy dlawd i briodi yn aml yn cael eu gorfodi i weithio mewn swyddi diflas a di-fudd.'

Tra oedd pawb yn mwynhau ei hunain ac yn bwyta'n awchus yn y wledd briodas, roedd yr Esgob yn dal i feddwl am y chwiorydd. 'Dydi hi ddim yn deg,' meddai wrtho'i hun, 'fod rhai pobl yn cael digon ac eraill yn cael ond ychydig.'

Roedd tad y briodferch yn teimlo'n hael iawn y noson honno. 'Nicolas,' meddai wrth yr Esgob, 'diolch i ti am wasanaethu ym mhriodas fy merch. Rwy'n awyddus iawn i roi rhodd i ti.' Gwthiodd bwrs lledr yn llawn o aur i law Nicolas.

'Mae priodas yn achlysur mor hapus,' meddai gan gerdded i ffwrdd yn llawen i ymuno â gweddill y gwesteion.

'Ydi'n wir,' meddai Nicolas gan deimlo pwysau'r pwrs lledr.

Tua hanner nos, gadawodd Nicolas y wledd briodas ac aeth yn syth at fwthyn y tair chwaer. Roedd hi'n dywyll fel y fagddu ymhob man. Roedd drws y bwthyn wedi'i gloi a doedd yna ddim siw na miw yn unman.

Gwelodd Nicolas ei gyfle. Roedd grisiau allanol y tŷ drws nesaf yn agos iawn at do cartref y tair chwaer.

'Rwy'n siŵr y gallaf gamu o'r grisiau i do ty'r chwiorydd,' meddai. Ac felly y bu. Cerddodd yn bwyllog ar hyd y to tuag at y simdde. Erbyn hyn doedd dim mwg yn dod allan ohoni.

Gan chwerthin iddo'i hun, gollyngodd Nicolas yr aur o'r pwrs lledr i lawr y simdde. Cerddodd ar hyd y to, i lawr y grisiau ac i ffwrdd ag ef am adref.

Yn y bore, deffrodd y chwaer ieuengaf ac aeth i nôl ei sanau. 'Wel dyna ryfedd,' meddai, 'mae 'na ddarn o aur wedi ymddangos yn fy hosan!'

Daeth y chwaer ganol i weld. Edrychodd ar ei sanau hithau, ac yn wir roedd darn aur yn ei hosan a mwy yn ei hesgidiau.

'Mae 'na ddarnau o aur yn y

lludw hefyd,' meddai'r chwaer hynaf gan edrych ar y grât mewn penbleth.

Clywodd y tad y rhialtwch a daeth i ymuno â'r genethod, a gyda'i gilydd dyma ddechrau cyfri'r arian.

'Rwy'n siŵr na cha i ddim trafferth bellach i sôn wrth rai o'm ffrindiau bod gennyf dair priodferch hardd ar gyfer eu meibion.' Gwenodd yn hapus. 'Mae'r rhodd hon wedi dod o'r nefoedd ac fe ddaw â llawer o fendithion i ni.'

Mewn rhan arall o'r dref, gwyliai'r Esgob Nicolas yr haul yn codi. Gwenai wrth feddwl am yr hapusrwydd oedd yna ar aelwyd y tair chwaer. 'Rwy'n gobeithio bod y teulu yn hapusach o lawer erbyn hyn,' meddai. 'Rhodd o gariad oedd yr aur, ac rwy'n gobeithio y bydd y cariad hwnnw'n lledu dros bobman.'

Y pedwerydd Gŵr Doeth

Yn ôl y stori am y gwŷr doeth yn y Beibl, sonnir am yr anrhegion
ond does dim sôn am faint o wŷr doeth oedd yna.
Mae sawl chwedl wedi codi am y pedwerydd gŵr doeth â'i anrheg i'r baban Iesu.
Chwedl y Nadolig

Teithiai'r gwŷr doeth ar draws yr anialwch, gan yrru eu camelod drwy dywyllwch y nos.

    'Edrychwch fel mae'r seren yn ein harwain,' meddai'r cyntaf.

    'Ydi, mae'n ein harwain i weld y brenin,' cytunodd yr ail.

    'Brenin y nefoedd a'r ddaear,' ychwanegodd y trydydd.

Roedd pedwerydd gŵr gyda nhw ar y daith. 'Buaswn i wrth fy modd petawn innau'n ddoeth fel fy ffrindiau,' meddai wrtho'i hun, 'oherwydd byddwn yn gwybod dipyn mwy am ystyr y daith cyn i ni gychwyn.'

'Mae fy anrheg i wedi'i chuddio yn y bag sydd ar y cyfrwy,' sibrydodd y cyntaf.

'Mae fy anrheg i'n sownd wrth fy ngwregys,' meddai'r ail.

'Rydw i wedi gwnïo fy anrheg i yn fy mantell,' ychwanegodd y trydydd.

Edrychodd y pedwerydd gŵr yn drist. 'Dydw i ddim eto wedi dod o hyd i anrheg sy'n deilwng o Frenin,' meddai. 'Rydw i'n dal i chwilio.'

'Aur sydd gen i, i frenin sy'n bwerus,' meddai'r cyntaf.

'Thus sydd gen i, i frenin fydd yn gweddïo ar Dduw yn y nefoedd,' meddai'r ail.

'Myrr sydd gen i, i frenin fydd yn enwog iawn yn ystod ei fywyd ond yn fwy enwog fyth pan fydd wedi marw,' dywedodd y trydydd.

Edrychodd y pedwerydd gŵr yn drist. 'Does gen i ddim syniad pa anrheg i'w dewis,' ochneidiodd.

Bu'r pedwar yn teithio trwy'r dydd a'r nos am ddyddiau lawer. O'r diwedd, yn awyr y nos, arhosodd y seren oedd yn eu harwain. Oddi tani roedd adeilad bychan, bregus.

'Dyma le annisgwyl i ddod o hyd i frenin,' meddai'r gŵr doeth cyntaf.

'Ond mae'r seren yn dangos yn glir mai hwn ydi'r lle iawn,' atebodd yr ail.

'Fe awn i mewn a rhoi ein hanrhegion i'r brenin,' meddai'r trydydd.

Arhosodd y pedwerydd gŵr doeth y tu allan. 'Gwell i mi fynd i chwilio am ddŵr i'r camelod,' meddai wrtho'i hun. 'Dydw i ddim eto wedi cael anrheg i'r brenin.'

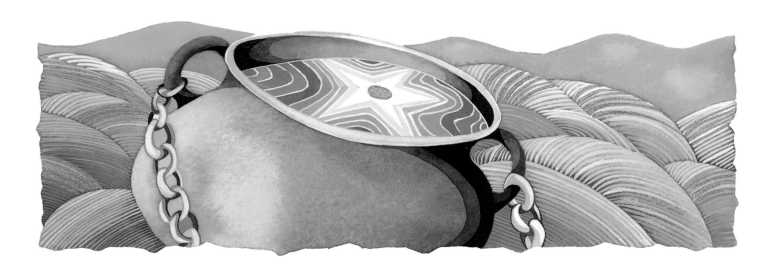

Aeth at y ffynnon i dynnu dŵr i'r camelod. Roedd y piser yn drwm. Oedodd am funud i gael gorffwys.

Yna gwelodd rywbeth anhygoel. Plygodd i lawr i edrych.

'Y seren,' meddai. 'Mae'r seren sydd yn yr awyr i'w gweld hefyd yn yr hen biser.'

Daliodd i edrych ar y seren ac yna chwarddodd yn uchel.

'Dyna beth fydd fy anrheg i'r brenin,' meddai, 'adlewyrchiad o'r goleuni sydd yn yr awyr.'

Trwy ryw ryfedd wyrth, roedd y seren yn dal i oleuo yn y piser. Edrychodd y baban bach ar y goleuni a daeth gwên i'w wyneb.

Cwch Tad-cu

Mae'r chwedl hon yn trafod y syniad o ffarwelio.
Cawn ddarlun yma o'r gobaith nad marwolaeth yw diwedd y daith.
Hen Chwedl

Roedd Mari'n byw gyda'i mam a'i thad-cu mewn bwthyn bychan ar lan y môr.

Pysgotwr oedd ei thad-cu a byddai yn ei elfen yn llywio'i gwch bychan â'i hwyliau brown.

Weithiau byddai Tad-cu yn llywio'n agos at y lan a byddai Mari wrth ei bodd yn gwylio'r cwch bach yn mynd ac yn dod o gwmpas y creigiau.

Dro arall, pan fyddai'n dechrau nosi, byddai'r cwch yn hwylio i'r môr mawr. Byddai Mari wrth ei bodd yn gwylio'r cwch yn diflannu dros y gorwel i gyfeiriad haul coch y machlud. Yna i ffwrdd â hi i'w gwely, gan wybod – pan fyddai'r haul yn codi drannoeth – y byddai'r cwch bach yn dychwelyd i'r harbwr yng ngolau gwan y wawr.

O dro i dro byddai Tad-cu yn mynd i ffwrdd am ddyddiau lawer. Bryd hynny, byddai Mari a'i mam yn mynd i lawr i'r harbwr i ffarwelio ag ef, gan wylio'r llong yn mynd dros y gorwel. Yr unig beth yn y golwg oedd yr hwyliau fel ruban – yna, yn sydyn, doedd dim byd i'w weld. Byddai Mari a'i mam yn sefyll yn yr harbwr yn syllu i'r pellter am amser hir.

'Mae'n siŵr o ddod yn ôl.' Dyna fyddai geiriau ei mam bob tro. Gwyddai ar ba lanw y byddai'n dychwelyd, a phryd hynny byddai Mari'n rhedeg i lawr i'r harbwr er mwyn cael gweld hwyliau'r cwch bach yn ymddangos dros y gorwel.

Byddai Mari'n gweiddi yn ei llawenydd, 'Dyma fe'n dod! Mae Tad-cu ar ei ffordd adref!' Rhedai i ben draw'r harbwr gan chwifio'i dwylo a galw ar ei thad-cu. Cyn pen dim byddai'n ei weld ar fwrdd y cwch.

Ond, weithiau, byddai dyddiau lawer yn mynd heibio a Mari a'i mam yn bryderus iawn. 'Mae hi'n aeaf, wyddost ti,' meddai ei mam, 'a'r adeg yma o'r flwyddyn mae 'na stormydd mawr ar y môr. Efallai bod Tad-cu wedi cael ei ddal mewn un.'

Ond byddai Mari'n dal i aros ac aros. 'Os yw Tad-cu wedi cael taith frawychus,' meddai, 'bydd hyd yn oed yn fwy balch o'm gweld.'

Roedd Mari wedi deall amseroedd y llanw i'r dim. Pan fyddai'r llanw'n dod i mewn, hwn oedd yr amser y byddai Tad-cu yn siŵr o ddychwelyd. Bryd hynny byddai Mari'n cadw llygad barcud ar y môr.

Ar rai adegau stormus byddai Mari'n disgwyl am wythnos neu fwy ond, o'r diwedd, byddai'n gweld yr hwyliau'n ymddangos dros y gorwel.

Ar ôl un cyfnod pan oedd Tad-cu allan ar y môr am wythnos a mwy, dechreuodd Mari gwyno. 'Pam ydych chi'n gorfod mynd allan yn y cwch bach a'n gadael ni yma'n poeni amdanoch?' gofynnodd iddo.

'Wel, Mari fach,' meddai Tad-cu, 'fe gei di dy ddymuniad. Rydw i'n mynd yn hen ac felly dydw i ddim am fynd allan i'r môr am gyfnodau hir eto – dim ond mynd allan yn y bore a dychwelyd yn yr hwyr ar y llanw uchel.'

Ar y dechrau, roedd Mari'n hapus iawn o feddwl y câi hi gwmni ei thad-cu. Ond roedd hi'n gweld hefyd ei fod yn heneiddio ac yn edrych yn wael. Doedd ganddo bellach ddim awydd mynd allan i'r môr yn y cwch bach.

'Ydych chi am fynd allan rywbryd eto?' gofynnodd Mari'n bryderus.

'Na, yr unig gwch yr af i ynddo bellach ydi'r cwch fydd yn mynd â fi ar fy nhaith olaf,' meddai â gwên ar ei wyneb.

'Peidiwch â mynd, Tad-cu,' crefodd Mari arno. 'Peidiwch byth â mynd.'
Dechreuodd wylo'n hidl.

'Rydw i wedi edrych ymlaen at y daith hon,' meddai Tad-cu'n ddistaw.
'Rwy'n gwybod am bob twll a chornel ar y ddaear yma, a bellach rwy'n awyddus
i chwilio am fyd newydd.'

Rai dyddiau'n ddiweddarach, bu farw Tad-cu. Ar ddiwrnod ei angladd
roedd cloch yr eglwys yn canu'n lleddf. Claddwyd ef yn y fynwent ger y môr.

Safodd Mari uwchben ei fedd ac edrych i lawr ar yr arch. 'Ffarwél, Tad-
cu,' meddai'n dawel.

Yna rhedodd nerth ei thraed i ben draw'r harbwr.

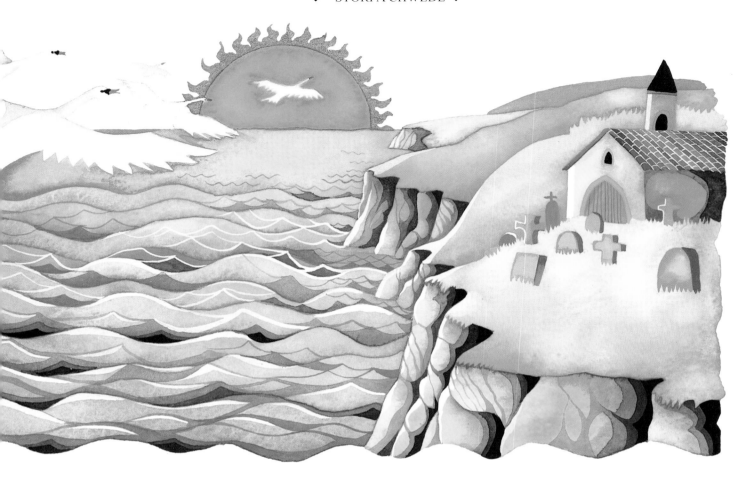

'Ffarwél, Tad-cu,' meddai wrth y llanw. 'Ffarwél, Ffarwél.'

Daeth ei mam ati i gadw cwmni iddi. Safodd y ddwy yn edrych tua'r gorwel.

'Ydi, mae Tad-cu wedi mynd o'n golwg ni,' meddai ei mam. 'Ond rwy'n credu, wyddost ti, fod yna rywun yn aros amdano ar draeth mewn gwlad arall yn bell, bell i ffwrdd. Ffarwél, Tad-cu, Ffarwél.'

Help Annisgwyl

*Mae'r stori hon am Teilo, sant o Gymru, yn debyg i storïau
eraill am berthynas saint ag anifeiliaid.*
Stori Teilo

Roedd hi'n noson braf, a Teilo a'i ffrindiau allan yng ngardd y fynachlog. Bu'n bwrw glaw yn gyson am ddyddiau, ond erbyn hyn roedd y glaw wedi cilio a'r haul yn tywynnu trwy frigau'r coed.

Darllen ei Feibl a gweddïo oedd Teilo. Ar ôl darllen am ychydig, cerddodd i'r berllan gyfagos. Yno, roedd arogl yr hydref yn gryf – arogl dail yn dechrau crino a ffrwythau'n aeddfedu. Roedd pobman yn ddistaw, a dim i'w glywed ond sŵn brain yn crawcian yn y pellter.

Fel roedd Teilo'n cerdded yn hamddenol trwy'r berllan, daeth un o weision y fynachlog ato a thorri ar y distawrwydd.

'Does yna ddim digon o goed tân yn y gegin, felly fydd yna ddim tanwydd ar gyfer coginio brecwast bore fory. Tybed fyddai un ohonoch chi'n fodlon mynd i dorri coed erbyn y bore?' holodd y gwas.

Ufuddhaodd Teilo ar unwaith ac fe aeth dau arall gydag ef i'r goedwig i dorri coed.

Ar ôl iddyn nhw gyrraedd, gwelsant ddau garw yn cerdded yn urddasol o gwmpas y coed, un yn dilyn y llall. Dechreuodd Teilo a'i ffrindiau dorri coed i'w cario'n ôl i'r fynachlog. Daeth y ddau garw atyn nhw gan ddechrau ffroeni, a phrancio'n osgeiddig o'u cwmpas. Ac yna dechreuodd un o'r ceirw dorri brigau

oddi ar y coed a'u rhoi ar lawr y goedwig. Gwnaeth y carw arall yr un peth, ac ymhen ychydig amser roedd llwyth o goed tân yn barod.

'Wel,' meddai Teilo, 'fedra i ddim cario'r llwyth yma; mae'n rhy drwm o lawer.'

'Bydd yn rhaid i ni gario'r coed fesul tipyn,' meddai un o'r mynaich eraill.

Wrth i'r mynaich ddechrau codi'r brigau fesul un, cododd y ddau garw weddill y brigau ar eu cyrn a cherdded yn urddasol o gwmpas y goedwig.

'Fe wn i beth wnawn ni,' meddai Teilo, 'fe gerdda i o'u blaenau nhw i gyfeiriad y fynachlog.'

Ac felly y bu, y mynaich ar y blaen, a'r ddau garw'n cario'r coed tân ar eu cyrn.

Yn fuan iawn, cyrhaeddwyd porth y fynachlog. Daeth y mynaich eraill at wal y fynachlog i weld beth oedd yn digwydd.

'Dyma olygfa ddigri!' meddai un o'r mynaich.

'Gweld mynaich diog ydw i,' meddai un arall.

'Fe fyddwn ni'n sicr o gael brecwast i'w gofio fory,' meddai mynach arall llond ei groen.

Gwelodd y gwas bach yr olygfa a rhedodd yn ôl i'r gegin i ddweud wrth y cogyddion bod y tanwydd wedi cyrraedd, a hynny ar gyrn dau garw urddasol. Daeth y cogyddion allan at borth y fynachlog i weld yr olygfa ryfedd hon.

Plygodd y ceirw a dechreuodd y mynaich dynnu'r brigau fesul un a'u cario i'r gegin, yn danwydd ar gyfer y bore.

Diolchodd Teilo i'r ddau garw am eu help. Pranciodd y ddau yn hapus, ac yna llamu'n ôl i gyfeiriad y goedwig.

Byth er hynny, pan fyddai'r mynaich angen coed tân, byddai Teilo'n mynd draw i'r goedwig i chwilio am y ddau garw. Ac yn ddi-feth, byddai'r ceirw'n cario'r coed tân at borth y fynachlog. Fel rhodd iddyn nhw, byddai Teilo'n mynd â sachaid o wenith ar eu cyfer. Daeth Teilo a'r ceirw yn ffrindiau agos.